COLLECTION FOLIO

Qian Zhongshu

Pensée fidèle

suivi de

Inspiration

Traduit du chinois par
Sun Chaoying

Gallimard

Ces nouvelles sont extraites d'*Hommes, bêtes et démons*
(Connaissance de l'Orient, 2, série chinoise n° 67).

Qian Zhongshu naît le 21 novembre 1910 à Wuki dans la province du Jiangsu au sud-est de la Chine. Il est élevé par un vieil oncle qui n'a jamais pu avoir d'enfant. Selon la tradition chinoise, la famille se réunit un an après la naissance pour choisir le prénom définitif du jeune garçon : on présente à l'enfant une panoplie d'objets divers et variés, et l'on attend qu'il montre un intérêt quelconque pour l'un d'entre eux. Le petit Qian se jette sur un livre. Le choix de l'oncle est donc vite fait : il s'appellera Zhongshu, ce qui signifie littéralement « celui qui aime les livres ». Plus tard, une fois l'âge adulte atteint, son père lui donnera ce que l'on appelle en Chine un « zi », ou nom de courtoisie, que seules les personnes d'une même génération utilisent. Il le surnomme Mocun, « garder le silence », espérant ainsi conjurer le sort et le rendre moins bavard... Bavard, il le restera sans aucun doute, mais sa passion pour la lecture se confirme très vite et, dès son plus jeune âge, il dévore tout ce qui lui tombe sous la main.

Qian Zhongshu a à peine dix ans lorsque son oncle décède. Sa tante le garde à ses côtés et se charge de son éducation malgré les graves difficultés financières qu'elle rencontre. À quatorze ans, il part étudier à Suzhou, une des villes les plus importantes de la région. Il se révèle très doué pour les langues et maîtrise rapidement l'anglais. En 1929, il est accepté à l'université de Qinghua dans le département des langues étrangères. Il y rencontre Yang Jiang qu'il épouse en 1935. Cette même année, les nouveaux mariés bénéficient d'une bourse gouvernementale et sont acceptés tous les deux à l'université d'Oxford en Grande-Bretagne. Ils y restent deux ans, passent leur licence de littérature puis partent étudier un an dans la plus prestigieuse université française : la Sorbonne. Ce sont des années primordiales dans la vie intellectuelle de Qian Zhongshu qui assimile parfaitement les cultures étrangères, et profite de son expatriation pour lire dans leur langue d'origine les œuvres de Shakespeare, Hume, Combrich, mais aussi de Pascal, Baudelaire, Bergson, Proust, Valéry, Hegel, Kant... Profondément ouvert sur l'universalité des cultures, ces lectures sont sans aucun doute déterminantes pour l'écrivain qu'il sera.

À Paris, la famille s'agrandit et accueille bientôt Qian Ai, une adorable petite fille. En 1938, ils rentrent dans une Chine instable, en plein conflit sino-japonais. Qian Zhongshu ne trouve aucun poste de professeur. Il lui faut attendre jusqu'en 1949, une fois la République populaire de Chine fondée, pour être nommé professeur d'anglais dans son ancienne université à Qinghua. Ce n'est alors que le début d'une longue et brillante carrière. Il sera chercheur à la Section de littérature chinoise classique, conservateur en chef de la Section des livres étrangers de la Bibliothèque nationale de Chine, avant d'être nommé, en 1982, vice-président de l'Académie des sciences sociales de la République populaire de Chine. Toutefois, la révolution culturelle, qui débute dès 1966 et se termine officiellement en 1969, ne l'a pas épargné. Ses écrits, comme tant d'autres, furent mis à l'index et il fut contraint à s'exiler dans les Écoles des Cadres campagnardes.

Qian Zhongshu meurt le 19 décembre 1998 à Beijing. Il reste l'un des auteurs contemporains chinois le plus important et le plus connu dans le monde occidental. Il a écrit de nombreux essais littéraires, et son roman le plus célèbre, *La Forteresse assiégée*, publié en 1947, a été traduit en anglais, en français, en allemand, en russe, en japonais et en espagnol.

Découvrez, lisez ou relisez le livre de Qian Zhongshu :

HOMMES, BÊTES ET DÉMONS (Connaissance de l'Orient, 2, série chinoise n° 67)

PENSÉE FIDÈLE

Bien que cette ville soit enveloppée par des cirques de montagnes altières, le printemps y entre sans entraves comme les attaques aériennes des avions ennemis. Il arrive même plus tôt qu'ailleurs. Malheureusement cette région d'altitude n'est propice ni aux fleurs luxuriantes ni aux saules touffus. À son arrivée, le printemps ne trouve guère d'endroit où se nicher. Seule la fête des Lanternes[1], sombre et humide, mais suivie de quelques journées ensoleillées, suscite un fragment de paysage printanier dans la ville montagneuse. Par ce beau temps, les poussières voltigent de toutes parts et,

1. La fête des Lanternes est la nuit du quinzième jour du premier mois de l'année d'après le calendrier lunaire chinois. Fête traditionnelle au cours de laquelle les Chinois allument des lanternes dans les rues, mangent des boulettes de riz glutineux farcies et exécutent la « danse aux lanternes-dragons ».

sous les derniers rayons du couchant, donnent au paysage une sorte de halo jaune, généreux comme une boisson fermentée. C'est vraiment le moment de rêver tout éveillé et de s'enivrer sans boire !

Manqian, quittant le boulevard encore caressé par le soleil, entra dans une ruelle où l'ardeur du jour s'était déjà complètement refroidie. Réveillée par la fraîcheur printanière du crépuscule, elle s'aperçut soudain qu'elle approchait, l'esprit troublé, de la porte de sa demeure. Comment avait-elle parcouru tout ce trajet, les jambes si courbatues ? Les cailloux inégaux du chemin lui faisaient mal aux pieds et l'inquiétaient surtout pour ses souliers à hauts talons achetés deux ans plus tôt lors de son passage à Hong Kong, dernière marque de luxe qu'elle possédât avant de venir habiter l'intérieur de la Chine. Elle regrettait de n'avoir pas laissé Tianjian louer un pousse-pousse pour la ramener chez elle. Mais après ce qui s'était passé aujourd'hui, comment pouvait-elle admettre encore ses prévenances ? Ne lui aurait-elle pas signifié par là qu'elle approuvait tacitement, après coup, sa conduite ? Tianjian donnerait sûrement une telle interprétation. Il en était bien capable ! Réfléchissant ainsi, Manqian épuisée dépassa la bâtisse à l'entrée de la ruelle et se trouva soudain face au mur de terre de sa maison.

Dans ce pays où les briques et les tuiles sont rares, un mur de terre était chose courante. Mais par comparaison et par contraste avec les murs de brique ou de pierre des voisins, ce mur terreux qui, lui, ne se sentait nullement piteux et confus, avait laissé sa maîtresse maintes fois envahie par la honte ! Lorsque cette maison était à louer, Manqian s'était déjà plainte de la laideur du mur. Voyant sa mauvaise humeur, le propriétaire avait accepté de diminuer le loyer. Paradoxalement c'était à cause de ce mur que la maison avait pu être louée ! Ce n'est que récemment qu'elle avait fait la paix avec le mur et agréé sa protection. Son mari Caishu, non seulement acceptait ce coupe-vent d'argile grossière, mais encore l'approuvait, le vantait et le célébrait, autrement dit ne l'agréait pas simplement tel quel, mais l'enjolivait encore avec des mots. À un ami nouveau venu qui lui rendait visite, chaque fois elle l'entendait dire en riant : « Ce mur donne une touche de rusticité et d'ancienneté ! Ceux qui sont habitués aux maisons de style européen le trouvent particulièrement original. C'est pourquoi il m'a plu dès le premier coup d'œil. Dans cette ruelle grouillante d'enfants, les murs blanchis à la chaux des voisins sont barbouillés de graffiti au crayon et même de dessins ! Devant mon mur de terre sombre et rugueuse, ils sont devenus ces “héros qui manquent de champ d'action[1]” ! Depuis le dernier bombardement, le commissariat de police a notifié aux habitants de peindre en noir leur mur de chaux. Nos voisins qui craignent de recevoir les bombes, “traînés dans la vase et l'eau[2]”, ne savent plus où donner de la tête. Seul mon mur de couleur naturellement protectrice peut demeurer tel quel. Ce qui m'a dispensé de beaucoup de tracas. De plus, même si nous avions embauché des artisans pour le peindre en noir, le propriétaire n'aurait pas couvert ces frais et nous aurions dû payer de nos deniers. Peu de temps après que les murs des voisins furent noircis, voilà que les gamins les avaient déjà rebarbouillés de craie de haut en bas, de long en large, tel un grand tableau noir installé à leur intention ! C'est vraiment du gâchis ! »

À ces mots, les invités se joignaient bien sûr à sa satisfaction. Si Manqian était présente pour l'aider à les recevoir, elle souriait aussi par devoir. Caishu oubliait seulement d'ajouter que, ne trouvant nulle place pour laisser courir leur craie sur son mur, les gamins avaient griffonné sur la porte

1. Expression chinoise signifiant qu'on se sent frustré de ne pas pouvoir déployer son talent ou sa force.

2. Expression chinoise qui signifie : ne pas faire des choses proprement, ou travail bâclé…

elle-même, en gros et petits caractères, beaucoup de « Résidence des Xu », en imitant plus ou moins le style des calligraphies sur papier rouge qu'il avait collées en haut de sa porte. Ce point, les invités de fraîche date se sentaient évidemment gênés d'en parler.

Manqian poussa la porte, tandis que sa servante, fille du pays, demandait de sa grosse voix à l'intérieur : « Qui est là ? »

Manqian interrogea machinalement en entrant : « Monsieur est-il rentré ? »

La servante répondit que non. C'était bien la réponse prévue. Pourtant, à l'entendre en ce jour, son cœur éprouva un moment de soulagement. Très inquiète, elle avait peur que Caishu ne fût déjà rentré et ne manquât pas de lui demander où elle était allée. Elle ne savait pas encore dire un mensonge commode et bien ficelé. Le tromper en paroles face à face semblait beaucoup plus compliqué et difficile que de faire des choses offensantes à son insu. Elle savait bien d'ailleurs que ces derniers temps, pour éviter les attaques aériennes en plein midi, tous les bureaux de la ville retardaient jusqu'à trois heures leur ouverture, et que son mari ne rentrait pas avant la fin de l'après-midi. Mais sous le ciel on n'est jamais garanti contre l'imprévu !... Ne venait-elle pas justement de vivre l'un de ces événements imprévisibles ? Franchement, elle ne s'attendait pas, cet après-midi, à une telle issue pour son premier rendez-vous avec Tianjian. Il est vrai qu'elle l'avait un peu aguiché. Mais elle n'avait pas pensé qu'il pût aller jusqu'à la prendre de force. Tout ce qu'elle avait souhaité, c'est d'avoir avec lui une sorte de tendre amitié fragile et vague, pleine de délicatesse, parsemée d'atermoiements, remplie d'hésitations, sans besoin d'explications langagières ni traces visibles, frôlant et effleurant doucement et rapidement, comme des antennes, l'âme de chacun. Pour des femmes comme Manqian, c'est la distraction la plus délicieuse. En même temps, c'est la plus sûre solution quand on a un mari, un frein tout prêt pour bloquer des conduites excessives. Ce qui l'avait choquée, c'était que Tianjian fût tellement direct. L'amour charnel vigoureux et banal qu'il lui avait prodigué la terrifiait et lui faisait éprouver la déception d'un espoir par trop réalisé, tout comme ces gourmets à l'estomac fragile qui sont incommodés par des nourritures trop riches. Si elle avait su que Tianjian fût aussi brutal, elle ne serait absolument pas sortie aujourd'hui. Du moins aurait-elle d'abord changé de sous-vêtements. À l'idée de ses dessous usés et négligés, elle rougissait encore jusqu'aux oreilles. Cela lui faisait plus honte et la mettait plus en colère que ce qui s'était passé tout à l'heure !

Arrivée à la maison, traversant la petite cour intérieure et la pièce centrale qui servait à la fois de salon et de salle à manger, Manqian entra dans la chambre à coucher pavée de briques. La servante regagna la cuisine et continua à préparer le dîner. Comme toutes les filles de la campagne mal dégrossies, elle ne savait pas que lorsque la maîtresse rentrait, il fallait apporter de l'eau et préparer le thé. En ce moment, Manqian était trop lasse pour parler à quiconque. Son cœur était en émoi, ses pensées flottaient sans contour bien net. Il n'y avait que quelques régions de sa peau, ses joues et ses lèvres que Tianjian avait embrassées, qui refusaient d'effacer complètement leurs sensations, comme si chaque parcelle de son corps avait sa propre mémoire et gardait vivement son autonomie en dehors de l'impression de fatigue de tout son être.

Dans la chambre aux fenêtres à l'ancienne, il faisait déjà sombre. Manqian souhaitait pourtant cette obscurité, comme si, calfeutrée par la nuit, la conscience n'eût plus risqué d'être nue, tel un escargot qui a quitté sa coquille. Elle n'alluma donc pas la lampe. De plus, l'électricité dans la Chine intérieure ne faisait que remplacer le noir par le sombre, comme si la nuit eût été diluée dans de l'eau. Manqian se laissa tomber sur une chaise, la chaleur de la marche envahissant son corps. Elle trouvait vraiment impensable ce qu'elle avait fait tout à l'heure avec Tianjian, irréel comme une statue de marbre flottant à la surface d'un rêve. Elle aurait voulu se reposer un moment tout habillée sur le lit pour retrouver son calme. Mais elle était de celles qui, même exténuées, ne s'étendent qu'après avoir quitté d'abord leurs vêtements de ville. Son manteau de fourrure perdait ses poils, la couleur de sa robe chinoise à doublure de flanelle n'était plus fraîche. Depuis l'été dernier, cette ville s'était peu à peu animée. À la suite des entreprises publiques évacuées, étaient arrivées de toutes parts bon nombre de dames et de demoiselles élégantes, qui éblouissaient fort les braves gens d'ici. Toujours vêtue de ses parures et de ses dessous de mariage, Manqian désirait bien sûr s'acheter quelques robes à la mode. Mais l'argent de sa dot avait été dépensé depuis longtemps dans les frais de déménagement, et le salaire mensuel de son mari permettait à peine de joindre les deux bouts. Où trouver l'argent pour confectionner des vêtements qui lui plairaient ? Elle avait de la compréhension et de l'indulgence pour son mari : non seulement elle ne lui demandait rien, mais encore elle ne lui laissait pas deviner ses besoins. Il est vrai qu'en deux ans de mariage, elle n'avait jamais connu une vie confortable, mais elle se résignait patiemment à supporter les privations à côté de Caishu, entretenant leur union avec orgueil, sans jamais se plaindre à personne. D'une telle femme, peut-on dire qu'elle n'est pas digne de son mari ?

C'est plutôt son mari qui n'était pas digne d'elle ! Avant leurs fiançailles, la mère de Manqian reprochait déjà à Caishu d'avoir berné sa fille chérie et en voulut au père d'avoir introduit le loup dans la bergerie. Les compagnes de la jeune fille se demandèrent aussi pourquoi celle-ci, toujours si fine, devenait si sotte lorsqu'il s'agissait de la grande affaire de sa vie. Mais quelle mère ne fait pas d'abord grise mine à l'homme que sa fille a librement choisi ? Et quelle fille ne médit pas des amoureux de ses amies derrière leur dos ?

La plupart des jeunes gens, une fois entrés à l'université, tout en préparant leur diplôme, envisagent la conquête d'une petite amie. Dans les établissements où l'internat est obligatoire, les distances entre garçons et filles diminuent ; en plus, coupé de la référence à la position sociale de sa famille, chacun est livré à lui-même dans le choix de ses relations. Ce qui introduit alors souvent dans la famille un couple soi-disant mal assorti. L'Amour étant, paraît-il, aveugle, ses yeux ne se dessillent peut-être qu'après le mariage. Pourtant, l'Amour ne semble pas du tout aveugle à bien des étudiants : ils veulent qu'on les aime ; ils cherchent à être aimés ; ils offrent leur ardeur en mendiant l'aumône des miettes restantes de l'amour d'autrui... Mais, constatant qu'au fond, ils n'ont rien à aimer, l'Amour reste impassible : ce qui, paradoxalement, pourrait confirmer que l'Amour est finalement bien aveugle, incapable de voir qu'ils ont tout de même quelque charme en eux... Donc garçons et filles qui étudient ensemble à l'université, non seulement s'ajoutent au lot douteux des couples librement combinés, mais encore grossissent le lot des célibataires délaissés par l'Amour, surtout des vieilles filles. Du moins, ces dernières ne se sont-elles pas laissé mal apparier, comme Manqian, avec le premier venu !

Manqian avait un tempérament nonchalant et peu vif. C'est pourquoi elle se complaisait dans son idéal de jeune fille de bonne famille, paisible et raffinée. Ses yeux aux longs cils, son visage ovale, son teint blanc sans rougeur, sa taille svelte… tout cela dégageait une impression de charme calme et profond. Réputée parmi ses camarades pour son amour de l'art, elle attirait en plus ses admirateurs par une sorte d'élégance indicible… Peut-être certains déploraient-ils que sa beauté fût trop fluette, pas assez bien en chair. Mais ces vils carnivores, grossiers et méprisables, étaient totalement absents des yeux arqués et un peu myopes de la belle ! Entraînée par son caractère timide, elle se complaisait en une attitude narcissique. C'est pourquoi certains disaient qu'elle était fière. L'orgueil de la femme est une séduction pour l'esprit de l'homme, tout comme la coquetterie est une excitation pour son corps. Pourtant Manqian n'était peut-être pas aussi simple et distinguée qu'elle le croyait ; il y avait quand même une cour de garçons assidus auprès d'elle. Mais à cause de son tempérament paisible, l'attrait de ces derniers était pour elle lent et graduel. Ceux qui étaient tombés amoureux d'elle étaient tous ses camarades depuis de longues années, auxquels elle s'était si habituée qu'elle les trouvait trop monotones, trop familiers, trop banals, ne pouvant plus susciter en elle la fraîcheur d'un sentiment. Jusqu'à la dernière année de ses études, Manqian n'avait toujours pas de petit ami. Pendant les journées lourdes et fastidieuses, elle sentait un vide en son cœur, que personne ne venait combler ; l'occasion de l'université mixte était bien manquée, sa vie étudiante débouchait sur le néant. À ce moment-là survint Caishu, comme tombé du ciel.

C'était le fils d'un vieil ami de son père. En raison de la situation militaire actuelle, il quitta le Sud pour continuer ses études à la même université que Manqian. Sachant que l'état financier de la famille de ce « neveu » était peu brillant, le père de celle-ci le logea d'abord à la maison avant la rentrée scolaire, et on installa un lit pour qu'il pût passer en famille le dimanche et les vacances. L'éducation en ville depuis plusieurs années n'avait pas complètement effacé le maintien campagnard de Caishu, ni son comportement enfantin. Une lourdeur trop ingénue, une élégance trop rustique et une intelligence trop franche, tout cela le rendait si ridicule… qu'on le trouvait charmant ! Le père de Manqian demanda à sa fille de guider Caishu pour se présenter à l'université et régler les formalités. Dès ce jour-là, elle se sentait vaguement, dans tous les domaines, plus mûre et plus compétente que ce grand gamin de la campagne fraîchement débarqué en ville ; elle fut comblée d'une sorte de plaisir d'être une sœur dégourdie.

Dès leur première rencontre, Caishu se montra très empressé et vint souvent loger chez elle. Tous les deux devinrent si intimes qu'ils se sentaient de la même famille. Lorsqu'elle se trouvait en sa présence, Manqian oubliait sa réserve habituelle, oubliait aussi à demi qu'il était un garçon, c'est-à-dire un séducteur potentiel, tout comme les pieds confortablement chaussés oublient qu'ils le sont par des chaussures. En effet elle n'avait jamais été aussi à l'aise en compagnie d'autres camarades. Dans cette douce intimité fraternelle germait insensiblement l'amour. Il ne s'agissait pas d'amour fou, mais d'une confiance croissante, calme et sereine. Lorsque ses amies plaisantaient avec elle, Manqian se rendait compte que Caishu lui plaisait beaucoup. Ses parents ayant découvert leur intrigue, une grande scène éclata dans la famille. Depuis lors, son ami n'osait plus revenir à la maison. La mère faisait des reproches au père ; le père grondait sa fille et retournait ses griefs contre la mère ; ensemble ils maudissaient Caishu et sermonnaient leur fille, soulignant que la famille du garçon était pauvre, sans espérances d'avenir. Manqian avait versé bien des larmes, mais qui ne faisaient que rendre son cœur plus ferme, comme durcissent les cordes de chanvre trempées dans l'eau. Les parents leur interdirent d'abord de se fréquenter, puis de se fiancer, dans l'espoir que le temps userait cet amour. Mais si cet amour, comme une habitude, est lent à s'installer, il est aussi, comme une maladie, plus lent encore à guérir.

Donc après deux années écoulées, le cœur de Manqian n'avait point changé, tandis que Caishu attendait évidemment avec patience. Grâce cependant aux regards de travers des parents et des amis, le rapport entre les deux jeunes gens, plus ou moins affaibli dans leur for intérieur, devint union sacrée contre l'extérieur et alliance, offensive et défensive, contre les opinions vulgaires traitant les gens selon leur situation de fortune.

Heureusement, la guerre éclata soudain. Le grand bouleversement de la stabilité politique facilite la dissolution des familles. Cette guerre qui faisait des milliers et des milliers de veufs et de veuves donna au contraire à nos deux jeunes gens l'occasion de se marier. Les parents de Manqian pensaient aussi qu'ayant rempli leur devoir, ils pouvaient assouplir leur sévérité. Alors les tourtereaux se marièrent en hâte et, après avoir écouté indifféremment tant de félicitations comme « Enfin les amoureux sont devenus parents !... », ils s'installèrent finalement ici après bien des pérégrinations au gré des fonctions de Caishu.

Se procurer des objets de première nécessité, difficiles à trouver dans la Chine intérieure, préparer les valises, voyager économiquement en train ou en bateau, trouver un logement, acheter ou emprunter des meubles, chercher une servante, rendre visite aux épouses des collègues de Caishu... C'est après avoir expédié toute une série de corvées et d'obligations qu'ils s'étaient enfin installés. Depuis leur mariage ils étaient toujours si occupés qu'il leur semblait n'avoir pas encore eu le temps de goûter la douceur de la vie. Elle qui, avant le mariage, ne s'intéressait jamais aux tâches domestiques devait maintenant s'occuper du bois, du riz, de l'huile et du sel. Manqian ne recherchait pas le luxe, mais n'était-elle pas demoiselle d'une famille honorable ? Le salaire de Caishu était modeste ; bien qu'au début la vie ne fût pas trop chère dans l'intérieur, leur situation financière n'était guère brillante. Cela faisait un an seulement que la guerre était déclarée, et les classes moyennes n'avaient pas encore eu le temps de s'habituer aux restrictions. Le couple se trouvait justement à cet état où, pauvre, on dissimule sa pauvreté, car on a encore de quoi la cacher. Pour tenir un tel ménage, elle se donnait beaucoup de peine. Son mari était bien sûr navré et très prévenant. Le couple espérait souvent que la guerre finirait bientôt et que la vie deviendrait moins contraignante et plus agréable. Toutefois, Manqian découvrit peu à peu que Caishu n'était pas un mari habile, capable de se débrouiller pour accéder à une meilleure position et de profiter des occasions pour s'enrichir. Content de sa situation et de ses conditions d'existence, il ne savait que lustrer sa table de bureau, laquelle avait bien l'âge du ciel et de la terre ! Même si la guerre se terminait, l'avenir serait toujours terne. L'absence d'initiative de Caishu faisait vaguement éprouver à sa femme qu'elle manquait de soutien et qu'elle devait porter toute seule la responsabilité de la vie commune, sans pouvoir compter sur aucune assistance. Elle devait se résigner à n'être qu'une tendre mère protectrice ; tout le luxe sentimental des femmes — espiègleries, mignardises, caprices — lui était aussi interdit que le luxe matériel. N'étant qu'un gamin, Caishu n'avait pas une poitrine assez large pour permettre à sa femme de s'y blottir et de s'abandonner comme une enfant gâtée !

Leur train de vie était simple, le matin seulement, il y avait beaucoup de choses à faire. Après le déjeuner, le mari allait à son bureau, la servante faisait la lessive dans la cour, la jeune femme, assise dans la chambre, regardait le soleil monter sur le sommet du mur, accablée par l'ennui et une sorte de solitude que personne ne partageait avec elle. Elle refusait de fréquenter les familles des collègues de son mari et de s'adonner à des commérages de bonne femme. Certes, pas mal de ses amis d'avant son mariage travaillaient dans cette ville. Mais il n'était pas correct de fréquenter des hommes. Quant aux femmes, elles étaient soit mariées, soit célibataires pratiquant un métier ou préparant leur mariage : chacune était occupée à ses propres affaires. Par économie le couple entretenait peu de relations sociales, et leurs fréquentations se firent de plus en plus rares. Quelquefois le soir ou le dimanche, quelques amis de Caishu venaient en visite ; puisque ce n'était pas spécialement pour elle, Manqian était lasse de les recevoir. Elle aimait bien lire, mais déplorait de ne trouver que rarement de nouveaux livres dans la Chine intérieure. Les quelques vieux romans étrangers qu'on leur avait prêtés ne parvenaient pas à rompre la monotonie quotidienne et à combler le vide de l'âme. Caishu se rendait compte de sa langueur et lui conseillait de sortir seule en semaine pour se promener un peu. N'en pouvant plus de ce désœuvrement, elle alla une fois au cinéma, non pour voir précisément tel film, mais pour voir un film quelconque. Ce qui fut projeté était un grand classique étranger, aussi tacheté et rayé que curieusement bariolé et incongru. Les bancs de la salle étaient remplis du public de la ville. Chaque fois que sur l'écran le jeune premier et la jeune première s'embrassaient, les spectateurs se mettaient tous ensemble à s'écrier en frappant des mains : « Bravo ! Encore ! » À son retour, amusée, elle en parla à son mari. Mais les piqûres des puces qu'elle avait attrapées au cinéma l'empêchèrent toute la nuit de dormir ; elle n'osa plus alors y retourner.

Deux ans s'étant écoulés, ils n'avaient toujours pas d'enfant. Chaque fois qu'elles rencontraient Manqian, les épouses des collègues de Caishu lui demandaient : « Mme Xu va bientôt avoir un heureux événement ? »

Comme Manqian était éduquée par les méthodes modernes, donc dotée de rudiments scientifiques, quelques dames à l'ancienne mode faisaient toutes sortes de suppositions chaque fois qu'elles en parlaient. « Les femmes d'aujourd'hui ne cherchent que le bien-être dans la vie ! » plaisantaient-elles, avec d'infinis sous-entendus…

Au printemps, pour la première fois, les avions ennemis vinrent bombarder la ville. Le bombardement détruisit des immeubles et tua aussi, comme toujours, quelques braves civils qui ne valaient pas le prix d'une bombe. Ce qui sema la panique tant chez les notables que dans le menu peuple. Même les indigènes dont l'ingénuité restait intacte comprirent que les avions qui laissaient tomber des bombes n'étaient pas des poules qui pondent dans le ciel ! Dès l'alerte, ils n'osèrent plus se rassembler dans les rues et faire du tapage en battant des mains le nez en l'air. Les batteries antiaériennes entrèrent tout de suite avec entrain dans la danse. La presse locale publia coup sur coup éditoriaux et articles pour justifier l'importance de la ville à l'arrière de la guerre contre le Japon, ainsi que la nécessité d'avoir une défense aérienne. Il y avait certes des gens qui pensaient qu'il vaudrait mieux se priver d'unités d'aviation en garnison, pour ne pas devenir un objectif militaire et attirer les bombardements. Mais ce genre de raisonnement, on ne le lisait pas dans la presse. Alors depuis l'arrivée de l'été, la ville était équipée d'une école d'aviation et d'un aéroport, et la population s'était peu à peu habituée à voir voler des avions chinois dans le ciel.

En septembre, au milieu de l'automne, Caishu rentra un jour à la maison en disant qu'ils avaient une connaissance de plus dans la ville, et même un peu un parent : un de ses cousins officier à l'école d'aviation était venu le voir ce jour-là à son bureau. D'après Caishu, c'était depuis l'enfance un garnement, qui n'aimait guère l'école. Au bout de six ou sept ans d'absence, il l'avait trouvé très grand et très fort, presque méconnaissable. Mais lorsqu'il parlait, il grimaçait toujours avec un gros rire et n'arrêtait pas de débiter des bêtises. Ayant su que Caishu s'était marié, il lui dit qu'il viendrait dans quelques jours, « faire connaissance » avec la nouvelle cousine…

« Allons-nous l'inviter à déjeuner chez nous ? » demanda Caishu, sans trop réfléchir.

Manqian répondit sans ardeur : « Tu vas voir ! Ces aviateurs sont habitués à faire bombance, à dépenser et à s'amuser. L'inviter ne le rendrait pas reconnaissant de notre affection. Pour toi, ce sera une grosse dépense, tandis que lui, au lieu de se régaler, sentirait peut-être son estomac mal traité. À quoi bon l'inviter à un repas médiocre ? Laisse donc ton invitation ! Probablement a-t-il dit une parole en l'air. Il t'a vu, ça suffit. Un tel individu n'ira pas perdre son temps à venir te rendre visite ! »

Voyant sa femme si peu sociable, l'entrain de Caishu tomba à moitié et il se hâta de répondre : « Nous n'avons qu'à l'attendre ! il m'a dit qu'il viendrait et m'a demandé notre adresse. Il a ajouté qu'il avait entendu dire que tu étais à la fois une beauté et une femme d'esprit, “double perfection, belle mine et talent[1]”, il tient à te voir… il m'a fait à ce sujet beaucoup de plaisanteries !…

— Hem ! Eh bien, dis-lui que ce n'est pas la peine de se déplacer. Vieille et laide, je ne suis que ta gouvernante ! S'il me voit, n'as-tu pas peur de perdre la face ?

— Tu veux rire ! Tu veux rire ! dit Caishu en caressant les cheveux de Manqian pour la consoler. Si tu voyais Tianjian, tu ne le détesterais sûrement pas. Bavard et rieur, il a un caractère vif et très sociable. De plus son cœur est sincère et généreux… »

Et ils parlèrent d'autre chose. Caishu s'étonna dans son for intérieur que son épouse, entendant dire qu'elle avait talent et belle mine, devînt subitement si agressive. Cependant, il était de ceux qui, nés subordonnés et obéissants, ne savent que recevoir des ordres sans jamais poser de questions. Voyant sa femme toujours bien calme, sans récriminer ni se plaindre, il ne s'inquiétait jamais à son sujet. Étonné un moment, il n'osa pas lui demander la raison de sa mauvaise humeur. Puis ils passèrent à table, et tout sembla réglé.

1. Expression chinoise qui signifie : avoir le fond et la forme doublement parfaits.

Dans deux jours ce serait dimanche. La veille Caishu, se rappelant que son cousin viendrait peut-être le lendemain, en avait parlé à sa femme. Ce dimanche-là, on ajouta quelques plats, au cas où Tianjian arriverait pour le déjeuner. Puisqu'il n'avait pas confirmé sa visite, ce serait simplement un repas familial un peu plus copieux. S'il venait, il ne pourrait se douter que cela avait été préparé exprès pour lui. On veilla aussi à ce que la servante nettoyât le salon et la cour plus à fond que d'habitude. Tout en s'affairant, le couple se disait en plaisantant qu'ils n'attendaient pas un hôte de marque, et qu'il était inutile de se donner trop de peine. Bien que ce fût vrai, Manqian revêtit une robe moins commune, mit plus de poudre de riz et exceptionnellement du rouge à lèvres. Midi était passé depuis un bon moment, sans qu'il y eût l'ombre de Tianjian. La servante, qui avait faim, demandait sans arrêt s'il fallait servir le déjeuner des maîtres. Ils la laissèrent servir le repas et tous les deux mangèrent face à face. Caishu, ayant bon caractère, dit en riant : « En effet il n'a pas fixé le jour de sa visite. C'est nous qui nous sommes trop monté la tête ! Aujourd'hui donc c'est nous qui sommes les invités de nous-mêmes ! Heureusement on n'a pas trop dépensé ! Ça fait longtemps que la cour n'a pas été aussi propre.

On se demande bien comment la servante la balaie chaque jour ! »

Manqian riposta : « Dépenser de l'argent est chose secondaire. Ce qui est regrettable c'est d'avoir eu en vain une aimable intention. Voilà un beau dimanche tout gâché par lui ! Venir ou ne pas venir, il s'en moque bien ! Il t'a lancé simplement une réponse à la légère, sans se douter de la peine qu'on se donne pour lui. Seuls des naïfs comme toi prennent à la lettre un mot lâché étourdiment ! »

Voyant la mauvaise humeur de sa femme, Caishu s'empressa d'ajouter : « Lorsqu'il viendra, nous ne nous dérangerons plus pour l'accueillir. Ce garçon est depuis l'enfance toujours aussi tête en l'air et sans cervelle ! Allons donc faire un tour dans le parc après déjeuner, pour profiter du beau temps. Tu n'a pas besoin de changer de robe. »

Répondant oui du bout des lèvres, Manqian lança *in petto* à l'intention du cousin un « Quel type détestable ! ».

Plus d'une semaine s'était écoulée, Tianjian n'était toujours pas venu. Un jour Caishu rentra en disant qu'en chemin il l'avait rencontré flânant avec une fille : « Il m'a donné une explication embrouillée à ce sujet. C'est bien possible que ce soit sa nouvelle petite amie. Ce garçon fait toujours des bêtises ! La fille n'est pas mal. Dommage qu'elle soit trop fardée. Ce n'est pas du tout quelqu'un d'ici. En apprenant que nous l'avions attendu pour le déjeuner, il a paru désolé. Il a dit qu'il avait bien l'intention de venir, mais que malheureusement, il avait été retenu par un empêchement. Il viendra sans faute dans quelques jours. Il m'a demandé d'abord de te saluer et de te présenter officiellement ses excuses…

— "Il viendra dans quelques jours"… Dans combien de jours alors ? » demanda Manqian, froidement.

Caishu répondit : « Qu'il vienne quand il voudra ! De toute façon nous n'avons pas besoin de nous mettre en quatre. N'est-ce pas un parent ? Pas la peine de faire des simagrées ou des politesses de pure forme ! Je pense qu'ensorcelé par ses nouvelles amours, il n'aura pas tout de suite le temps de venir… Avons-nous donc vieilli ? Par exemple aujourd'hui, ayant vu les jeunes tourtereaux ensemble, je n'ai point les yeux rouges de jalousie ! Sans savoir pourquoi, je les trouve naïfs et bien à plaindre ! Combien de joies et de tristesses, de retrouvailles et de séparations, et de contraintes, et de méchants tours du destin à subir encore !... Les gens mariés comme nous sont beaucoup plus tranquilles, tel le bateau ancré au port qui n'a plus peur ni de la tempête ni des vagues. Bien que nous soyons mariés depuis seulement deux ans, nous pouvons fort bien passer pour un vieux couple ! »

Manqian rétorqua en souriant : « "Pas *nous*, mais *toi seul* !" »

C'était là une phrase que la Treizième Sœur adresse à la femme sans vergogne dans l'*Histoire des enfants héroïques*[1] que le couple venait justement d'emprunter et de lire. Ils plaisantaient souvent en citant ce roman. Voyant son épouse si espiègle et charmante, Caishu s'approcha d'elle pour l'embrasser. Attendri par sa propre ardeur, il ne sentit pas la froideur de son épouse.

De toute la nuit Manqian ne put fermer l'œil. Écoutant son mari dormir profondément et paisiblement, elle sentait son propre corps tendu et agité. Couchée, silencieuse, elle s'étonnait qu'à la fleur de l'âge, elle se lassât déjà de l'amour. Non, pas seulement de l'amour : languissante, elle perdait le goût de tout ! Après seulement deux ans

1. *Ernü Yingxiong Zhuan*, roman inachevé de Wen Kang, fin XIXe siècle, dont l'héroïne est la « Treizième Sœur », une sorte de redresseuse de torts.

de mariage, la vie était devenue tellement désuète et élimée, tellement prévisible et routinière, qu'elle avait l'impression d'avoir vécu toute une longue vie avec son mari. « Nous voilà enfin bien installés ! » Comme le disait si bien Caishu ! Car depuis qu'elle l'avait rencontré, elle n'avait jamais éprouvé aucune instabilité sentimentale. Certes, existait la crainte que des forces étrangères ne nuisent à la plénitude de leur amour. Mais ils se sentaient toujours pleins de confiance, rassurés l'un par l'autre, sans avoir jamais connu le soupçon invisible, le malentendu intentionné, ainsi que d'autres tourments raffinés et sophistiqués, ni avoir jamais eu d'incidents blessants ou acerbes : leur vie gardait toujours un goût de thé limpide… qui cependant à chaque infusion devenait plus clair et plus insipide. Les jours passaient uniformes, sans histoires, complètement détachés d'elle, comme si ce n'eût pas été elle qui les vivait réellement. En un clin d'œil elle aurait trente ans. Vieillir ainsi était bien lamentable ! Ne vaudrait-il pas mieux avoir un enfant pour remplir un peu le vide de la vie et se résigner carrément à devenir mère ? Au début elle avait un vague espoir de pouvoir travailler et participer à quelques activités sociales, pour ne pas comme la plupart des femmes, une fois mariée, perdre sa place à l'extérieur. Ayant peur qu'un bébé ne fût un obstacle à l'amour, elle préférait l'éviter. Sans savoir si son mari voulait un enfant, elle craignait aussi qu'il ne pût supporter financièrement cette charge. Cette guerre exécrable, quand prendrait-elle donc fin ?…

Il était tard lorsque Manqian se leva. Caishu était déjà sorti pendant qu'elle s'habillait. N'ayant presque pas dormi de la nuit, elle avait la tête lourde et les paupières si enflées qu'il lui semblait ne plus jamais pouvoir les rouvrir. Elle n'osait examiner de près la figure émaciée, jaunie et pâle que reflétait son miroir. Après s'être lavé le visage et rincé la bouche, elle demeurait sans force. De toute façon personne ne viendrait dans la matinée et elle était lasse de parfaire sa toilette. Après une petite pause, elle se sentit un peu mieux. La servante étant rentrée des courses au marché, Manqian mit une veste d'étoffe noire et l'aida à préparer le déjeuner dans la cuisine. Alors qu'elles étaient très occupées à leur besogne, on frappa à la porte. « Qui peut venir à cette heure-ci ? »

La servante courut ouvrir. Se rendant compte qu'avec sa tête ébouriffée, son visage jaunâtre, et tout son corps qui sentait la friture, elle n'était absolument pas présentable, Manqian regretta de n'avoir pas pensé plus tôt à prévenir la servante.

Voilà que cette dernière, tout en criant : « Madame ! Madame !… », se précipitait vers la cuisine, annonçant qu'un certain M. Zhou, un parent de Monsieur, venait voir Madame et Monsieur et restait planté dans la cour, et demandant s'il fallait le faire entrer dans la maison. Ayant compris que le visiteur était Tianjian, Manqian fut envahie de confusion. Trahie par les appels de la servante, elle ne pouvait plus se dérober. Pour le moment, inutile de la gronder ! Sortir accueillir le visiteur ? Elle se sentait la mine si piteuse ! Pour une première visite, elle ne voulait pas perdre la face ! Retourner dans la chambre se faire un bref maquillage avant de paraître ? Pour sortir de la cuisine ou traverser la salle de séjour, il fallait passer par la cour ! N'osant le voir, ne pouvant pas non plus rectifier sa tenue, Manqian fut contrainte d'ordonner à la servante de présenter des excuses : Monsieur n'était pas à la maison, on dirait à Monsieur de le remercier de sa visite lorsque Monsieur rentrerait. La servante sortit en répondant de sa grosse voix « Bien ! ». Saisie par la honte et la rancœur, sans écouter si la servante avait bien répété son ordre, Manqian pensait qu'aujourd'hui c'était vraiment incorrect d'accueillir cet hôte avec tant de désinvolture — Tianjian serait conscient qu'elle refusait de sortir de la cuisine pour le voir… Peut-être lui pardonnerait-il de n'avoir pas pu le recevoir, prise de court qu'elle était et tout empêtrée dans la fumée de la cuisine ? Mais comment croire que la nouvelle cousine, réputée pour son talent et sa belle mine, sentait tellement la fumée qu'elle avait peur d'accueillir un visiteur inconnu ? N'était-ce pas perdre la face ? C'était aussi la faute de Tianjian qui, au lieu de venir plus tôt ou plus tard, s'annonçait comme un étourdi à une heure pareille ! Pendant que Manqian se rongeait les sangs, la servante revint annoncer qu'il était parti et qu'il reviendrait samedi après-midi. Donnant libre cours à sa mauvaise humeur, la maîtresse réprimanda la servante de crier si fort lorsqu'il y avait une visite. Renfrognée, la servante marmonna qu'elle ne voulait plus rester dans cette maison. Manqian aurait alors un souci de plus ! Lorsque Caishu rentra pour le déjeuner, elle lui raconta ce qui s'était passé dans la matinée, lui reprochant d'avoir un cousin impossible qui, sans rime ni raison, lui avait joué ce mauvais tour !

Bien que le couple eût décidé de ne plus se mettre en quatre pour accueillir Tianjian, samedi à midi en rentrant Caishu avait acheté quelques friandises. Après le déjeuner, Manqian se para de nouveau avec soin. La dernière fois sa toilette n'aurait été que pour rendre hommage à un invité, la politesse lui interdisant de se montrer, le visage jaunâtre, la tête ébouriffée, et de traiter un hôte à la légère. Cette fois c'était tout à fait différent. La honte et la colère causées l'avant-veille par son refus de recevoir semblaient jouer encore un rôle au fond de son inconscient. Quoi que Tianjian ne l'eût pas vue, Manqian pensait que dans son esprit elle n'était qu'une femme puant la fumée et la friture, qui se cachait dans la cuisine. Aujourd'hui il fallait mettre plus de temps pour se parer afin de se réhabiliter. Donc inconsciemment la poudre de riz fut étalée d'une manière plus ostensible que d'habitude pour répondre au niveau esthétique d'un homme rustre comme Tianjian.

Vers trois heures il arriva enfin, chargé de cadeaux. Dès qu'elle le vit, Manqian fut assez agréablement déçue. En effet il n'était pas un adolescent étourdi et futile ; elle ne pouvait donc le détester comme elle le souhaitait. Comme tous les pilotes, Tianjian était de haute stature, avec des traits réguliers, tandis que son langage et son maintien paraissaient même plus naturels que ceux de Caishu. Son uniforme occidental était porté avec on ne peut plus d'aisance, sans aucune trace d'un maintien campagnard, et encore moins de gestes vulgaires. Ce n'était que la première rencontre, mais il lui parut déjà à la fois courtois et familier. Au premier regard on voyait que c'était un homme fort sociable. Caishu avait certes beaucoup de choses à lui dire. Mais elle s'aperçut qu'au lieu de ressasser de vieilles histoires avec le cousin et d'ignorer la cousine avec indifférence, Tianjian cherchait tout le temps à élargir la conversation ou à en détourner le cours, avec l'intention bien visible de l'y entraîner aussi. En fait, rien ne lui permettait de détester Tianjian, sauf qu'il la regardait trop fréquemment à la dérobée. Une fois, alors que Tianjian la fixait, ses yeux rencontrèrent justement les siens qui le regardaient. Elle rougit aussitôt, son regard se troubla comme si on eût soufflé une bouffée de buée à la surface d'un miroir. Cependant, avec un sourire franc, Tianjian demandait sans se gêner comment elle se distrayait chaque jour. Que cet homme était rusé ! Comme les cadeaux du cousin n'étaient pas minces, le couple, tout confus, l'invita à venir dîner le lendemain soir. Le repas prévu avec Tianjian ne pouvait finalement être évité !

Le lendemain, elle s'affaira tout l'après-midi. Ce n'est que lorsque tout fut prêt et put être confié à la servante qu'elle retourna dans sa chambre et s'habilla. Il était encore tôt. Tianjian arriva alors que Caishu, étant sorti voir des amis, n'était pas encore rentré. Elle l'accueillit donc seule en s'efforçant de maîtriser sa timidité et en cherchant dans tous les recoins de sa cervelle des propos dignes d'intérêt. Heureusement Tianjian était beau parleur ; chaque fois que Manqian ne trouvait plus ses mots, il posait quelques questions anodines, comme pour construire un pont flottant sur la fissure de silence qui s'élargissait sans cesse de nouveau, afin que le fil de la conversation pût se renouer. Ayant compris qu'il devinait sa timidité et lui venait en aide avec compassion, elle le trouvait un peu ridicule, mais éprouvait quand même de la reconnaissance envers lui. Tianjian dit qu'il avait bien envie de goûter les mets préparés par sa cousine, mais qu'il avait peur de la fatiguer. Donc aujourd'hui ses sentiments étaient très contradictoires. Il dit encore qu'il savait lui-même faire la cuisine et que dans quelque temps il se mettrait aux fourneaux pour montrer son tour de main.

Elle répondit en riant : « Heureusement, je ne savais pas que tu avais un tel talent ! Je ne suis pas bonne cuisinière. Dorénavant, si tu viens déjeuner, j'oserai encore moins préparer le repas ! On sera obligé de t'inviter à manger du riz nature ! »

Tianjian avait le talent d'être familier avec les gens dès la première rencontre. Vif et chaleureux, il savait simplifier toutes les relations sociales. La gêne de Manqian se relâcha peu à peu sans même qu'elle s'en rendît compte. À son retour le mari les trouva tous deux en train de bavarder et de rire gaiement. Au maintien habituellement discret et élégant de Manqian s'ajoutait une sorte de vivacité nouvelle. Il était assez satisfait de constater que le préjugé de sa femme envers son cousin s'était dissipé. Alors quand ils se mirent à table, tous les trois oublièrent les formules de politesse, surtout Manqian qui n'avait jamais éprouvé qu'être maîtresse de maison fût si aisé et le devoir d'accueillir des invités, si facile ! L'aviateur raconta beaucoup d'anecdotes d'avant son séjour dans cette ville, et dit aussi qu'une famille de compatriotes venait d'installer une chambre pour lui dans leur demeure : quand il s'amusait quelquefois trop tard, il pouvait découcher hors de l'école militaire. Caishu, se rappelant tout d'un coup la fille qui flânait avec lui, demanda à brûle-pourpoint : « Je pense que tu t'amuses avec pas mal de filles ! Par exemple celle que j'ai vue avec toi l'autre jour ! »

Tianjian, un moment interloqué, répondit : « Quel jour ? »

Manquian interrompit la conversation avec espièglerie : « Ça veut dire : "laquelle" ? On dirait qu'il sort chaque jour avec des amies différentes, si nombreuses qu'il ne se les rappelle plus ! »

Le cousin lui répondit en riant : « Je sais que ma cousine a la langue terriblement pointue ! Mais je n'arrive vraiment pas à m'en souvenir. »

Le mari dit avec une grimace : « Ne fais pas l'innocent ! C'est le jour où je t'ai rencontré, tu faisais un tour dans la rue Zhongshan, et c'est la demoiselle au visage rond et vêtue de violet qui marchait avec toi ! Devant un témoignage aussi accablant, ne vas-tu pas avouer ? »

Tianjian reprit : « Mais oui ! Celle-là ! C'est la fille de ma propriétaire… »

Manqian et Caishu attendaient la suite ; mais profitant de cet instant de surprise, il se tut : tant d'explications à donner semblaient retomber brusquement et sagement dans le silence…

Ne pouvant plus retenir son rire, le couple dit avec un bel ensemble : « C'est pour ça que tu veux louer une chambre chez elle ! »

Tianjian se hâta de repartir, comme pour se justifier : « Voici ce qui s'est passé : ma propriétaire est une vieille dame. J'étais très ami avec son neveu à Sichuan. Lorsque je suis arrivé ici, il lui a écrit pour me recommander. Par hasard la maison qu'elle avait louée étant très spacieuse, elle a donc mis une pièce à ma disposition. Elle n'a qu'un fils et une fille. Son fils va encore à l'école. La demoiselle, diplômée de l'université cet été, est devenue employée dans une administration publique. Cette jeune fille n'est pas trop mal et sait assez bien s'habiller. Mais elle aime trop s'amuser… Même sa mère ne peut la sermonner… » À ces mots, Tianjian sembla vouloir se taire, cependant il ajouta abruptement : « Beaucoup de camarades de l'école d'aviation la fréquentent, pas seulement moi. »

En écoutant, Caishu, lui-même employé, pensait : « Elle est donc "porte-bouquet[1]" ! »

Avant qu'il ait pu dire quelque chose, le rire de Manqian déborda comme du lait sur le feu : « Il semble que cette demoiselle soit un vrai porte-avions ! »

Caishu pouffa malgré lui. Tianjian sursauta, comme piqué au vif, mais il se reprit tout de suite et mêla son rire aux leurs. Ayant eu la langue trop bien pendue, Manqian regrettait de n'avoir pas réfléchi avant de parler, et voyant le rire bien jaune sur le visage de son cousin, elle fut encore plus

1. Appellation péjorative d'une employée purement décorative donc inutile.

contrite de l'avoir offensé par ces propos inconvenants. Cette fille était peut-être sa petite amie ! Aujourd'hui les mots lâchés beaucoup plus vite que d'habitude avaient pour effet ce fâcheux résultat. De telles idées firent soudain perdre à Manqian son entrain, elle ne pensa plus qu'à surveiller sa langue et à contrôler ses mots. En même temps elle trouvait que les paroles et le rire de Tianjian n'étaient plus aussi à l'aise et aussi naturels qu'au début de la conversation. Mais peut-être était-ce elle qui tentait le diable par ses soupçons ! Seul Caishu, en continuant à causer à bâtons rompus, dissipa le malaise entre l'invité et ses hôtes. Heureusement le dîner se terminait, et Tianjian prit sans tarder congé du couple. En renouvelant ses remerciements à la maîtresse de maison, il fit l'éloge de ce dîner délectable. Consciente que ce n'était là que savoir-vivre, mais touchée par tant de compliments qui montraient son respect envers elle, Manqian se sentit assez réconfortée. Lorsque le couple l'accompagna à la sortie, Caishu dit : « Tianjian, si tu ne t'offusques pas de la rusticité de ma demeure, passe nous voir quand tu as un moment. De toute façon ma femme ne sort presque jamais. Elle est désœuvrée à s'étouffer ! Vous pourrez toujours bavarder tous les deux !

— J'aurai bien sûr plaisir à revenir ! Mais je

crains que des hommes comme nous, personnages grossiers, ne soient pas dignes de parler avec ma belle cousine ! »

Dits sur un ton badin, ces propos étaient chargés de rancœur et de provocation. Heureusement, tous trois étant masqués par l'obscurité de la nuit, Manqian put rougir à son aise et rétorqua du ton le plus normal : « Je crains seulement que tu ne veuilles plus venir. Ta visite sera toujours bienvenue pour moi. Mais maintenant je ne suis qu'une gouvernante, qui ne sait parler que du bois, du riz, de l'huile et du sel[1]. En plus, je n'ai pas de conversation…

— Pas de chichis entre nous ! » lança Caishu.

Alors avec des « Au revoir ! » et « Bon retour ! », ils laissèrent partir leur cousin.

Deux jours plus tard, l'après-midi, Manqian était en train de faire une pelote avec la laine d'un vieux tricot défait, lavé et séché, pour confectionner un pull, quand elle entendit soudain Tianjian arriver. Il venait aujourd'hui spécialement pour elle, car il devait savoir qu'à cette heure Caishu n'était pas encore sorti du bureau. Cette découverte la décontenança et la plongea dans le trou-

1. Expression chinoise qui signifie « occupations domestiques ».

ble. Donc après avoir demandé par quel hasard il avait le temps de venir, elle ne trouva plus rien à lui dire. La familiarité de l'avant-veille semblait déjà tombée et avait besoin d'être avivée de nouveau. Voyant le tas de fils de laine défaits sur la table, l'aviateur dit en riant : « Je suis venu exprès pour t'aider à faire tes pelotes. »

Pour briser son maintien peu naturel, Manqian retrouva soudain un courage aussi artificiel, et se força pour poursuivre : « Tu arrives au bon moment ! Je me faisais du souci de n'avoir personne pour m'aider à faire ces pelotes : mon mari a les poignets trop raides et ne sait pas s'en servir. Aujourd'hui je vais donc essayer les tiens ! Je crains seulement que tu n'aies pas assez de patience. Aide-moi d'abord à tendre ces fils en écheveau… »

Alors l'un tendait les fils, l'autre les enroulait, tous les deux face à face, silencieux. Seuls ces fils gardaient encore un contact entre eux et les dispensaient de l'embarras de chercher des mots à se dire. Après avoir enroulé quelques pelotes, par crainte que son visiteur ne se lassât, Manqian lui proposa de s'arrêter. Ce dernier protesta. C'est lorsque tous les fils posés sur la table furent mis en pelote qu'il se leva, en disant que ses poignets et sa patience semblaient aujourd'hui assez bons, mais que sans attendre le retour de Caishu il devait partir. Manqian s'excusa sincèrement : « C'était vraiment trop pour toi ! T'accabler encore d'un service… Ça va te faire redouter de revenir ! »

Tianjian sourit sans rien dire.

Depuis lors, tous les trois ou quatre jours il entrait s'asseoir un moment. Manqian s'aperçut que, sauf une fois pour inviter le couple au restaurant, il venait rarement le dimanche. À chacune de ses visites, Caishu était au bureau. Elle comprit que Tianjian se plaisait en sa compagnie. Ce plaisir augmenta insensiblement sa satisfaction personnelle. Une goutte de couleur semblait tomber sur la vie grise et plate, et la moirait de frissons… L'attention de Tianjian à son égard fortifia sa confiance en elle-même ébranlée, lui prouva qu'elle n'était pas encore démodée et que son pouvoir de séduction n'était pas terni par la vie. Pour prouver à une femme qu'elle est charmante, le meilleur moyen est de tomber amoureux d'elle. Si, pour la jeune fille en fleur, cette preuve n'est que l'attestation naturelle de son charme, pour les femmes mariées ou plus avancées en âge, elle est non seulement une consolation mais presque une flatterie. Les femmes les plus exigeantes dans le choix des amants deviennent plus indulgentes et plus accommodantes au moment de l'« ultime lueur[1] » du sentiment : des hommes qui ne seraient jamais aimés et choisis pour maris auront l'espoir d'être aimés comme amants. La vie de Manqian était proche de la période où elle aurait besoin de cette preuve et de consentir à cette flatterie. Elle pensait que Tianjian et elle ne tomberaient jamais amoureux, du moins elle ne pourrait aimer passionnément son cousin. Elle n'avait pas de souci pour l'avenir : elle avait un mari, sa protection la plus efficace et sa meilleure défense contre l'aviateur. Dans l'amitié entre elle et lui, son mariage traçait naturellement une frontière que chacun d'eux ne pouvait transgresser. Tianjian était vraiment charmant : son cœur parlait par sa bouche, mais elle ne voulait pas lui donner un qualificatif plus marqué et dire qu'il était « adorable ». Rien d'étonnant à ce que Caishu avançât qu'il était habile à séduire de petites amies ! À l'évocation de ces petites amies, Manqian devint tout d'un coup soucieuse. Peut-être qu'il la considérait simplement comme une de ses nombreuses « amies » ? Non ! Elle refusait d'être une amie comme les autres, il ne devait pas non plus la traiter comme telle ! Son amitié pour elle n'avait rien

1. Expression chinoise qui signifie, au sens propre : « dernières lueurs du soleil couchant » ; au sens figuré : « derniers sursauts de vie d'un agonisant ».

à voir avec le vulgaire plaisir de manger, de boire et de s'amuser ensemble. Ses visites fréquentes prouvaient qu'il acceptait bien une amitié paisible. Dès qu'ils devinrent plus familiers, elle projeta plusieurs fois de le questionner à propos des commentaires de Caishu. Mais craignant que sa voix ne laissât échapper malgré elle son petit secret, elle n'avait jamais osé rien lui demander. Pour éviter le malentendu coutumier avec un mari, elle n'avait pas non plus confié ses pensées à Caishu. Donc, consciemment ou inconsciemment, elle ne signalait pas chaque visite de son cousin. Elle prit peu à peu l'habitude d'attendre tous les deux jours (sans avouer qu'elle l'espérait) sa venue et de faire une légère toilette après déjeuner. Bien qu'accoutumée maintenant à sa visite, chaque fois qu'elle l'entendait franchir la porte, elle était envahie par l'émotion et avait besoin de faire rapidement un gros effort pour que le halo qui empourprait malgré elle son visage pût se dissiper avant qu'il ne la vît.

Elle trouva ainsi plus d'agrément à l'existence. Un mois plus tard l'hiver arriva. C'était la meilleure saison dans cette ville montagneuse. Le ciel limpide et ensoleillé durait si longtemps que les étrangers, habitués aux intempéries, n'arrivaient pas à croire que le temps pût être si harmonieusement et si pleinement beau. Chaque jour le soleil se levait avec le rose de l'aurore et se retirait dans la lumière dorée du crépuscule. En plus, contrairement au beau temps du Nord il n'y avait ni bise ni gel pour troubler la fête. Située sur les hauteurs, l'hiver venu, la ville serait enveloppée de brume et de brouillard. Ce qui diminuerait l'intensité des bombardements aériens et rendrait les rues plus animées. Un jour, le cousin étant passé comme d'habitude, et après s'être assis un moment, dit qu'il devait partir. Elle rétorqua qu'il était encore tôt, pourquoi partir si vite ? Tianjian ajouta : « Pareil beau temps chatouille le cœur. Peux-tu encore t'enfermer dans la maison ? Pourquoi ne pas faire un tour ensemble ? »

Cette proposition la jeta dans l'embarras. Elle-même ne pouvait croire à sa propre volonté de s'enfermer dans la maison ! Mais sortir avec un homme dans les rues n'était pas très convenable : les gens pourraient jaser à les voir se promener ensemble... Pourtant ce scrupule n'était pas à confier directement à son ami. Finalement, elle répondit faiblement : « Puisque tu t'ennuies ici, fais ce que tu veux. »

Tianjian sembla deviner son intention et dit, mi-espiègle, mi-sérieux : « Ce n'est pas moi, mais toi qui t'ennuies ! Je me promène souvent. Quel mal y a-t-il à sortir ensemble ? Caishu pourrait-il soupçonner que je t'enlève ? »

Elle devint de plus en plus confuse et répondit dans un murmure : « Ce n'est pas ça… Va donc te promener… Je ne t'oblige pas à rester… »

Sachant qu'il était inutile d'insister, Tianjian partit. Aussitôt elle fut submergée par une immense déception, se rendant compte qu'elle désirait vivement qu'il restât. Il était à peine trois heures passées ; encore une grande partie de l'après-midi avant la tombée de la nuit se dressa devant elle comme un désert difficile à traverser. Car le temps s'écoule en fragments et en miettes : Tianjian parti, les minutes et les secondes s'étaient brisées et pulvérisées comme grains de riz, innombrables et interminables à ramasser et à compter, et qu'aucun fil ne pouvait rassembler. L'après-midi solitaire auquel elle était habituée devint d'un coup insupportable. C'est à cet instant qu'elle s'aperçut qu'aujourd'hui il n'y aurait pas eu d'inconvénient à sortir avec Tianjian puisqu'elle avait des emplettes à faire, du dentifrice ou une brosse à dents à acheter… Bien qu'en fait il ne fût pas son mari ; mais une sortie nécessitée par des « affaires courantes » donnait quelque apaisement à sa conscience et constituait un bon alibi pour autrui : ce n'était pas là accompagner quelqu'un ou se faire accompagner pour aller flâner !

Le lendemain le temps était encore plus beau. Les événements de la veille gardaient encore la force de palpiter dans son cœur, elle ne pouvait plus rester en place. Dans la matinée il y avait du ménage à faire ; en plus l'ordre formel de la défense aérienne obligeait les magasins à n'ouvrir leur porte qu'après trois heures. L'après-midi, elle alla se promener toute seule par les rues. N'étant pas sortie depuis bien des jours, elle découvrit plusieurs boutiques récemment ouvertes, qui toutes s'efforçaient d'imiter tant bien que mal les vitrines des magasins de Shanghai ou de Hong Kong. Arrêtée devant une pharmacie toute neuve, Manqian regardait les articles exposés dans la vitrine en réfléchissant à ce qu'elle allait acheter, quand soudain elle entendit une voix d'homme dans son dos : c'était Tianjian ! Son visage tourné vers la vitrine s'enflamma, son regard soudain brouillé ne distinguait plus les objets de l'étalage, et son cœur semblait marteler à grands coups sa poitrine. La force lui manquait pour tourner la tête et l'appeler… Elle allait se retourner, quand une femme parla et rit avec lui, alors soudain son geste se figea. C'est après que le bruit des pas se fut éloigné qu'elle se tourna et vit Tianjian tout près d'elle entrer avec une fille dans la pharmacie. Le profil de celle-ci étant caché par le corps de l'homme, on n'apercevait d'elle qu'une jolie silhouette de dos qui donnait envie à qui la voyait de courir après elle pour la regarder de face. Manqian prit soudain conscience que c'était le « porte-avions » ! Aussitôt elle perdit le courage d'entrer dans la boutique et partit en hâte pour s'échapper. Toute son envie d'acheter des cosmétiques usuels avait disparu. Son cœur était lourd, comme plombé, et ses pieds rivés au sol. Sans force pour rentrer à pied, elle héla un pousse-pousse. Une fois à la maison et son calme retrouvé, elle prit la mesure véritable de son accablement. Elle savait bien qu'il n'y avait pas de raison d'être triste. Mais le cœur a-t-il des raisons ? Elle ne haïssait pas Tianjian, ne se sentait que mal à l'aise, comme si elle eût découvert que la joie éprouvée depuis un mois était entièrement vaine… Non ! Elle n'était pas vaine ! Sinon elle n'eût pas éprouvé cette amertume. Elle souhaitait rencontrer tout de suite Tianjian pour calmer son âme troublée. Ce qu'elle avait vu aujourd'hui de ses yeux semblait si incroyable qu'elle avait besoin d'entendre dire que ce n'était qu'illusion. De toute façon, il devrait lui donner des explications. Mais aujourd'hui, il ne viendrait certainement pas ; il fallait donc attendre demain… Que c'était long ! Comment pourrait-elle patienter jusque-là ? En même temps, pour la première fois elle n'avait plus bonne conscience et craignait que son mari ne découvrît son changement d'humeur. Donc ce soir-là, en rentrant à la maison, Caishu trouva une épouse plus prévenante que d'habitude, qui ne cessait de l'entourer de sa sollicitude… Tout en causant avec lui, elle contenait son trouble pour qu'il ne pût affleurer à la surface de son esprit et brouiller ses réponses. Une fois couchée, par crainte de l'insomnie elle rassembla à grand-peine tous ses efforts pour écarter ces pensées et les mettre momentanément de côté, comme quand il fait chaud et qu'on met viande et poisson frais au frigo, pour dormir tranquille avant de s'en occuper.

Le lendemain au réveil, le chagrin de la veille semblait s'être envolé pendant son sommeil ; elle se trouvait bien ridicule de l'avoir tant exagéré. Que Tianjian sorte s'amuser avec une fille ! Est-ce que ça la regardait ? De toute façon, il reviendrait, elle pourrait toujours le questionner en badinant, sans laisser paraître ses sentiments. Cependant, dès que l'après-midi arriva, son émoi, de nouveau, ne put plus se contenir. Dans l'attente, elle était sur des charbons ardents.

Cet après-midi-là, Tianjian ne vint pas. Un jour s'écoula, il n'arrivait toujours pas. Cinq jours passés, et il ne s'était toujours pas montré ! Depuis leur première rencontre, ses visites ne s'étaient jamais faites aussi rares. Manqian pensa soudainement qu'il devinait peut-être ses sentiments envers lui et, sur un coup de tête, n'osait plus revenir. Mais comment eût-il pu deviner ? En tout cas, ne valait-il pas mieux abandonner toute espérance et ne plus attendre sa visite ? Manqian connaissait l'ironie de la vie et savait aussi combien le Ciel se plaît à jouer des tours ! Donc, pour que la chose la plus désirée se réalisât, il fallait d'abord se désespérer afin d'obtenir plus tard une bonne surprise au-delà de l'espérance même. Ainsi, elle espéra désespérément pendant trois jours encore, mais Tianjian n'avait toujours pas donné signe de vie. Le Ciel, voulant aussi tirer le meilleur parti possible d'une erreur, fit semblant d'ignorer que son désespoir n'était rien d'autre qu'un fol espoir qui avait honte de lui-même, et la laissa alors, peu à peu, sombrer dans une réelle désespérance.

Pendant ces huit jours, comme atteinte par une grave maladie, elle semblait avoir vieilli moralement de dix ans. Elle goûta, cette fois multipliés, tous les sentiments secondaires de l'amour. Dans la fatigue, son cœur et son corps restaient tendus comme chez les insomniaques : plus ils sont fatigués et tombent de sommeil, plus leurs nerfs sont en alerte et exacerbés. Plusieurs fois, elle voulut lui écrire et ébaucha une multitude de brouillons. Finalement, l'orgueil la fit renoncer à ce projet et l'espoir — peut-être viendrait-il de lui-même aujourd'hui ou demain — lui suggéra de n'avoir pas besoin de lui écrire. Devant son mari, elle s'efforçait de prendre un air désinvolte, comme si de rien n'était, effort qui lui fit perdre encore pas mal de force. Elle n'aimait donc plus la présence de Caishu à la maison, afin d'éviter de feindre en face de lui, contre son gré, un bon moral. Cependant, lorsqu'il sortait, restée seule, elle se sentait sans aucune défense, à la merci de son chagrin. Comme c'était impossible de se débarrasser de cette obsession ! Quoi qu'elle fît, à quoi qu'elle pensât, tout revenait à Tianjian et tournait en rond, comme le bœuf qui pousse la meule. Pendant ces huit jours, l'éloignement physique entre elle et lui rapprocha, paradoxalement, leurs sentiments les plus intimes. Auparavant, elle ne voulait pas songer à Tianjian et s'interdisait de penser à lui. Maintenant, non seulement elle ne pensait qu'à lui, mais encore elle arrivait à le haïr ! Lorsque son cousin, la dernière fois, lui avait dit au revoir, n'étaient-ils pas restés cependant bons amis ? Durant ces huit jours, son cœur semblait être en ébullition et avoir engendré un sentiment encore plus vif. Elle tenta de tromper l'espoir — pour qu'il se réalisât — par le désespoir, mais en vain. Ne la courtisant plus, Tianjian avait pourtant gagné toute sa pensée fidèle ! C'était vraiment trop facile ! Comme elle s'en voulait de sa propre faiblesse ! Il fallait trouver moyen de s'entraîner à ne plus désirer le revoir ! Ou mieux, il fallait le voir encore une dernière fois, en lui faisant une mine glaciale, pour lui montrer qu'elle se moquait bien de ses visites !

Un jour s'était encore écoulé. Après le déjeuner, Manqian était en train de laver ses bas : choses qui supportent mal d'être lavées par les mains rudes d'une servante, elle en avait déjà fait l'expérience ! La servante lui dit alors qu'elle allait faire un tour en ville. Manqian, les mains pleines de savon, ne s'était pas levée pour fermer le verrou, ordonnant simplement de tirer la porte. Elle se disait que dans quelques jours ce serait Noël, et puis, le Nouvel An… Devrait-elle envoyer une carte à Tianjian… rien qu'une carte sans un mot ? Elle se reprocha tout de suite d'être aussi stupide : elle n'oubliait donc toujours pas son ami puisqu'elle voulait encore le taquiner ! Un moment après, sa lessive finie et ses mains bien essuyées, elle allait fermer la porte… qui, brusquement, s'ouvrit ! Sans aucun doute c'était Tianjian. Faible à ne plus se tenir debout, elle le vit fermer la porte derrière lui et s'écrier en riant : « Pourquoi la porte est-elle ouverte ? Es-tu seule à la maison ? On ne s'est pas vus depuis longtemps ! Comment vas-tu ? »

L'angoisse qui accablait depuis huit jours Manqian s'évanouit aussitôt, et elle sentit soudain que tant de larmes d'amertume réprimées profitaient de l'occasion pour librement jaillir… Elle essaya de sourire par politesse, mais son visage n'arriva pas à ébaucher une telle expression. Elle ne put que dire, la tête basse, d'une voix mourante : « Tu t'es fait rare ! »

Tianjian trouva la scène bien étrange. Interloqué un instant, et regardant fixement sa cousine, il sourit largement et s'approcha d'elle en demandant à voix basse : « Il semble aujourd'hui que tu ne sois pas dans ton assiette. Contre qui boudes-tu ? »

Sans qu'elle sût pourquoi, pas un mot de ces propos aigres et amers qu'elle avait tant ressassés n'arriva en cet instant à sortir de sa bouche. Sous le poids du silence qui, à chaque minute, s'alourdissait, elle finit par dire en luttant de toutes ses forces : « À quoi bon t'ennuyer à venir ? Puisqu'il fait beau, pourquoi ne te promènes-tu pas avec ta petite amie ? »

Après ces mots, attristée d'avoir subi une injustice infinie, elle ne put plus retenir ses larmes, se disant au fond d'elle-même : « Zut ! zut ! je lui ai tout dévoilé ! » Pendant qu'elle se troublait ainsi, elle vit soudain son ami l'entourer de ses bras et embrasser tendrement ses yeux, en chuchotant : « Quelle sotte gamine ! Quelle sotte gamine !... »

Elle repoussa, par réflexe, les mains de Tianjian et alla se cacher dans la chambre en répétant : « Va-t'en ! Je ne veux pas te voir aujourd'hui... Déguerpis vite ! »

Tianjian fut ainsi expédié. Pourtant, ce qui venait de se passer transforma complètement son sentiment envers sa belle cousine. L'intimité qu'il partageait depuis un mois avec elle prit soudain dans son souvenir une signification toute fraîche et imprévue. Ce jour-là il comprit enfin, rétrospectivement — comme la lampe allumée à la poupe d'un bateau éclaire le sillage du navire —, le motif véritable qui l'avait poussé à rendre visite à Manqian. Il se convainquit alors qu'il avait dorénavant droit à des exigences, et le devoir d'accomplir la conquête de la belle. Bien qu'il ne sût pas encore jusqu'où le mènerait cette foucade, sa vanité d'homme en émoi lui dicta de parfaire sa séduction jusqu'à l'aveu spontané et franc qu'il était l'amant élu de son cœur. À quoi pensait Manqian ? Elle savait que son secret était irréparablement percé ; son seul regret était de permettre à l'aviateur de l'emporter trop vite et de lui laisser croire que la conquête était facile. Elle décida donc de le traiter dorénavant avec plus de froideur et de dévaluer leur amitié acquise, pour qu'il n'osât agir selon la valeur affichée sur le billet. Elle voulait utiliser ce genre de contre-attaque pour entraîner Tianjian à lui déclarer finalement, avec sincérité et humilité, son amour. Alors, ce qui venait de se passer trouverait enfin sa vengeance et elle-même pourrait laisser déborder son indignation. Sa seule crainte était qu'il ne revînt plus. Mais, quand le lendemain il arriva, elle avait déjà ordonné à la servante de lui dire : « Madame est souffrante » et de le prier de revenir plus tard. La croyant vraiment malade, et très alarmé, Tianjian acheta tout de suite deux corbeilles d'oranges fraîchement arrivées de Chongqing, et les fit porter chez elle. Comme il n'était pas convenable d'écrire une lettre, il joignit simplement sa carte de visite. Le lendemain matin, il envoya encore une carte de vœux, avec une invitation au dîner de Noël pour le couple. La lettre de réponse, signée par Caishu, était cependant de l'écriture de Manqian, en termes simples : « Nous n'osons pas refuser votre invitation à dîner. Merci d'avance. À bientôt. » Tianjian examina ce mot avec soin et comprit qu'elle ne souhaitait pas qu'il vînt la voir. Seul qui peut résister ne refuse pas une rencontre ! Il devait, lui, avoir la magnanimité d'un vainqueur, et il était inopportun de la forcer pour le moment.

Vint la soirée de Noël et tous deux se revirent. Peut-être parce que les événements récents s'étaient estompés, peut-être aussi parce que Caishu était présent pour la soutenir, elle put, contre toute attente, demeurer assez calme. Tianjian tenta plusieurs fois de lire des traces de leur secret commun dans ses yeux ou ses expressions, mais il sembla se heurter à un mur de fer. Bien que le dîner fût assez joyeux, Tianjian n'en était pas moins déçu. Arrivèrent ensuite les vacances du Nouvel An, et Caishu n'alla plus au bureau. Le cousin vint une fois chez eux, sans toutefois pouvoir parler librement avec elle. De plus, elle se montra très distante et trouva toujours un prétexte pour s'éloigner. Pensant qu'elle l'évitait par pudeur, Tianjian se sentait assez heureux. Pourtant, en la voyant impassible, sans aucune réaction, il éprouvait aussi une certaine inquiétude.

Puis Caishu reprit son travail au bureau ; Tianjian revint voir Manqian. Leurs rapports d'autrefois avaient du mal à se renouer, comme des fils sans attache rompus par le vent. L'attitude calme et posée de sa cousine mit l'aviateur mal à l'aise et lui fit éprouver une sorte de dépit de voir les choses lui glisser entre les doigts, juste à l'instant où il allait fermer la main. Pourtant, il n'arrivait pas à décider comment agir : paraître détaché et calme, ou se faire brutal et ardent ?... À la voir tricoter, tête baissée, son visage rougissant légèrement malgré elle, ses longs cils couvrant obstinément ses yeux tournés vers le bas, comme l'éclat d'une lampe voilée par un abat-jour, Tianjian faillit la prendre dans ses bras et l'embrasser brusquement. Il s'approcha donc de face, et vit son visage, qu'elle n'osait pas relever, rougir de plus belle. Il lui dit, questionnant à demi : « Tu étais fâchée contre moi ces derniers jours ?

— Fâchée contre toi, pourquoi ? Ce n'est pas du tout ça... », répondit-elle en s'efforçant de garder son calme.

Il ajouta : « Nous nous entendions si bien ! À quoi bon mettre nos sentiments au placard, ne plus nous parler, nous taire ? »

Elle resta silencieuse, ses mains tricotaient machinalement, à une vitesse accrue. Tianjian s'approcha encore, et posa les mains sur ses épaules. Manqian se tortilla pour se dégager et, sans cesser de tricoter, ordonna tout bas : « Va-t'en, s'il te plaît ! Ce serait une folie, si la servante nous surprenait ! »

Contraint de la laisser et de s'éloigner, il dit avec courroux : « Je sais que je ne serai plus jamais le bienvenu ! Mes visites trop fréquentes t'agacent. Excuse-moi pour cette fois ! Dorénavant, je ne reviendrai plus t'ennuyer ! »

Tout en criant cela, il trouvait ses propos trop brutaux. Si Manqian ne les supportait pas et contre-attaquait, il n'aurait plus aucun refuge pour battre en retraite et aurait échoué jusqu'au bout ! Cependant, elle continuait sa besogne, la tête baissée, sans aucune réaction. Alors, dans ce silence, ces quelques minutes semblèrent des siècles. Voyant qu'il n'obtenait rien par la force, Tianjian se mit vraiment en colère ; sa patience était à bout et il ajouta d'une voix enflammée et rageuse : « Bon ! Je m'en vais ! Plus jamais je ne reviendrai te déranger… mais toi, ne te mêle pas non plus de mes affaires ! »

Ayant lancé cette invective, l'aviateur se retourna pour prendre son képi. Sa cousine leva soudain la tête, sourit d'un air timide, jeta un regard sur le cousin en colère, puis baissa de nouveau le visage en disant : « Alors à demain ! J'irai me promener demain, auras-tu le temps de m'accompagner après le déjeuner pour faire des courses ? »

Un instant interloqué, Tianjian se réveilla d'un seul coup, si comblé qu'il eut envie de bondir, fou de joie ! Il comprit qu'il avait gagné et pensa qu'il fallait s'embrasser pour commémorer cette victoire. Cependant, il était certain qu'elle n'oserait pas ; lui-même craignait l'arrivée de la servante. Au moment de partir, il était ivre de joie en pensant qu'il avait réussi, une fois de plus, à séduire. Son seul regret était de n'avoir pas pu l'embrasser, selon la coutume pour célébrer une réussite. C'était le seul revers de la médaille !

Cette impression de « revers de la médaille » ne fit que s'amplifier durant les trois ou quatre semaines qui suivirent. Devenu plus intime avec Manqian, il se rendit compte qu'elle se défiait toujours des privautés trop charnelles : non seulement elle ne quémandait pas la moindre caresse, mais elle ne répondait pas à ses tendres sollicitations. Même lorsque l'occasion se présentait de l'embrasser, Tianjian devait arracher furtivement un baiser, sans plénitude ni abandon ni harmonie. Privée par la nature de toute sensualité ensorceleuse et insensible à toute excitation enivrante, Manqian se laissait difficilement charmer ou séduire ! Même amoureuse, elle demeurait réservée et pudique. Mais la retenue de sa cousine était pour lui, au contraire, le plus puissant des excitants. Une telle froideur semblait révéler une sorte de provocation méprisante envers son ardeur — ce qui, paradoxalement, augmentait son désir et perturbait son humeur —, comme une goutte d'eau froide sur des braises brûlantes siffle et projette un jet de vapeur…

Repoussé, Tianjian, toujours en colère, alla jusqu'à penser lui demander si elle permettait à Caishu d'être tendre avec elle ! Mais, à y réfléchir de nouveau, il se dit que ce genre de question le ferait paraître trop grossier et trop avide de jouissances sensuelles. Comme les truands ont leur code, les relations illicites ont aussi leurs règles propres. Par exemple, le mari a le droit de questionner sa femme en détail sur ses relations avec son amant, mais l'amant doit avoir scrupule de l'interroger sur ses rapports avec son mari. Après avoir essuyé plusieurs refus, Tianjian fut déçu de s'être donné tant de mal en pure perte. Il avait tout fait, en vain, pour ne pas perdre la face :

plein de discrétion et de précautions, afin d'éviter le soupçon du mari et des voisins. Or, en réalité, rien ne s'était passé, comme si un colis envoyé en recommandé n'eût été qu'une boîte vide ! Un tel amour était aussi fastidieux qu'obsédant. Pourtant, on ne pouvait pas le laisser s'éteindre ainsi, sans résultat ! Il fallait absolument trouver, ou créer une occasion pour conquérir entièrement le cœur et le corps de Manqian !

Quelques jours après la fête des Lanternes, toute la famille de la propriétaire partit à la campagne. Il se proposa donc de garder leur maison et invita Manqian à venir pour se distraire. Il se préparait à échouer encore ce jour-là, persuadé qu'elle se brouillerait et romprait avec lui. Ne valait-il pas mieux d'ailleurs qu'ils brisent là, d'un seul coup ? À quoi bon traîner de la sorte, « ni chaud ni froid, ni sec ni croquant[1] » ? Pourtant, contre toute attente, il réalisa son dessein ! Son ardeur fit momentanément fondre la résistance opiniâtre de sa cousine et réchauffa même légèrement leur relation, par l'effet contagieux de sa propre flamme.

1. Expression chinoise, qui correspond à peu près à l'expression française « mi-figue mi-raisin ».

Leur amour sembla enfin comblé, mais aussi mené à son terme. Tianjian ressentait une sorte de vide d'avoir atteint son but. La gêne de Manqian, même quand elle s'abandonnait librement, ne semblait pas le payer de son ardeur : ce succès n'avait été donc qu'un pas de plus vers la défaite ! Paradoxalement, l'insatisfaction du résultat ramena Tianjian au bon sens ; il se sentait indigne de Manqian, encore plus indigne de Caishu. Pour lui qui avait possédé tant d'autres femmes adorables, valait-il la peine de « renforcer sa parenté » en séduisant sa belle cousine ? Le départ précipité de Manqian, qui ne voulait rien entendre de ses explications ni de ses excuses, atténua cependant ses scrupules en lui offrant l'occasion de quitter la scène. Maintenant, il pouvait la laisser tomber complètement, avec pour elle un prétexte tout prêt : il l'avait offensée, et n'osait plus la revoir. Si plus tard elle venait le retrouver, il inventerait, le moment venu, d'autres arguments pour s'en sortir. Quant à Manqian, elle ne pensait pas du tout au lendemain. Rentrée en courant d'une seule haleine, elle s'écroula sur le lit. Son cœur était translucide, comme lavé à l'eau glacée, et elle, bien consciente qu'elle n'aimait pas Tianjian. De plus, son ancienne velléité d'attirer l'amour de ce cousin s'était envolée sans laisser de traces. Seul ce qui venait de se passer gardait encore dans ses sensations une ombre fantomatique, qui semblait une image floue de Tianjian. Cette impression exécrable, quand disparaîtrait-elle complètement ? Dans un instant, Caishu rentrerait… Où cacher son visage ?

Ce soir-là pourtant, Caishu ne remarqua rien d'anormal chez sa femme. Tianjian ne vint pas durant des semaines. Manqian redoutait son retour, comme on craint de ne pouvoir abandonner une mauvaise habitude. Après ce détestable rendez-vous, Tianjian n'avait-il pas le droit d'exiger d'elle une deuxième rencontre… ? Face à face avec lui, elle n'aurait aucun argument pour refuser. Bien sûr, elle était certaine qu'il ne manquerait pas de se comporter en gentleman, et qu'il n'irait jamais jusqu'à la trahir, mais au contraire, l'aiderait à garder fermement leur secret. Toutefois, et si ce secret portait un fruit, une preuve non dissimulable ?… Non ! Non et non ! Y a-t-il une chose plus improbable sous le ciel ? Elle ne pouvait que regretter son étourderie à cet instant-là et maudire la gredinerie de Tianjian… Elle n'osait pas y penser.

Il faisait toujours intempestivement beau. Mais le cœur de Manqian, comme rongé par les vers, n'avait plus aucun pouvoir germinatif. Ainsi s'éclipsa la mélancolie cependant habituelle du printemps !

Un jour, le déjeuner achevé, Caishu allait faire sa sieste, quand résonna soudain l'alerte antiaérienne. La douce brise et le chaud soleil perdirent brusquement leur enchantement naturel. Dans les rues retentissait le brouhaha de la foule. Cela faisait trois mois qu'on n'avait plus entendu d'alerte, et alors tous perdaient la tête. Les avions de la défense s'élançaient dans le ciel ; tout l'horizon était rempli du grondement de leurs moteurs, puis ils se dispersaient dans les environs de la ville. La servante, son balluchon de vêtements sur son dos, demanda quelque argent à Manqian et courut tout essoufflée vers l'abri antiaérien, en criant à la hâte : « Madame, venez vite avec Monsieur ! » Paressant dans son lit, Caishu dit à sa femme que, très probablement, ce serait encore un « plus de peur que de mal », et que ce n'était pas la peine de courir à l'abri pour avaler de la poussière en se bousculant dans la foule. Comme beaucoup de gens, Manqian avait un préjugé maniaque : sachant que chaque bombardement faisait des victimes, elle ne croyait jamais qu'elle pût elle aussi être écrasée par une bombe. Caishu citait souvent à ses amis cette réflexion perspicace de sa femme : « Recevoir une bombe est aussi improbable que de gagner le gros lot au Jeu d'aviation[1] ! » Un moment après, il y eut une seconde alerte ; le hurlement strident et monotone de la sirène semblait une gigantesque voix de fer poussant de froids soupirs contre l'immensité du ciel. S'étant aperçus qu'il n'y avait plus aucun bruit chez les voisins, ils prirent peur. Eux qui, jusqu'ici, ne fuyaient pas par paresse, maintenant c'est par peur qu'ils n'osaient plus bouger. Manqian, toute seule dans la cour, le souffle coupé, regardait les avions ennemis envahir le ciel de la ville avec une régularité impassible, qui provoquait le tir des mitrailleuses. Le bruit de ces rafales peu efficaces semblait un bégaiement, qui avait grand-peine à transmettre son message au ciel ; il ressemblait aussi à une toux sèche qui ne parvenait pas à cracher.

Soudain, Manqian sentit son corps mollir. N'osant plus rester plantée là à regarder, elle rentra précipitamment dans sa chambre. À cet instant précis, un bruit terrible lui serra le cœur, l'entraîna à plonger avec lui ; mais à peine avait-il sombré qu'il explosa en la relevant subitement.

1. Sorte de loterie populaire rendue obligatoire en 1933 pour financer l'aviation de guerre.

Son cœur semblait jaillir de sa poitrine et ses oreilles broyées par ce vacarme. Les fenêtres fermées tremblaient dans leur cadre, les verres posés sur le plateau se heurtèrent aussi, en une suite de chocs et de brisures… Terrifiée, Manqian s'écroula dans un fauteuil en prenant la main de Caishu. Tous ses griefs contre lui disparurent ; une seule chose comptait : l'avoir près d'elle. Il semblait que tout le ciel entrât dans son crâne : ces bégaiements de mitrailleuses et le fracas des bombes, tous engendrés par le vacarme des avions, se mêlaient dans sa tête, sans qu'il fût possible de les faire disparaître. Un temps incalculable s'était écoulé, lorsque tout retomba dans le silence. Les moineaux, devenus muets dans les arbres, se remirent à pépier. Dans le ciel bleu, toujours impassible comme si de rien n'était, seul un avion des nôtres brisait l'air avec des ratés. Rien n'était donc fini ! Au bout d'un long moment, on sonna cependant la fin de l'alerte. Bien qu'il n'y eût toujours aucun bruit chez les voisins, on imaginait que toute la ville recommençait à s'agiter. Lorsque la servante rentra avec son balluchon, le couple Caishu sortit sur le boulevard pour s'informer. Les rues étaient plus animées que d'habitude, tout le monde rassemblé devant l'affiche aux caractères rouges que le Comité de la défense antiaérienne venait de poser. On y lisait à peu près ceci : « Six avions ennemis se sont rués dans le ciel de notre ville et ont lâché aveuglément leurs bombes. De notre côté, les pertes sont minimes. Ces avions ont été attaqués par les nôtres, qui en ont abattu un ; les autres se sont enfuis hors des frontières de la province. Il y en a encore un qui, atteint par notre défense, a été obligé d'atterrir quelque part dans la banlieue. La recherche de cet avion se poursuit… » L'ayant lue, tous les deux dirent d'une seule voix que, s'ils rencontraient Tianjian, ils sauraient exactement ce qui s'était passé. Sans réfléchir, Caishu demanda à Manqian pourquoi depuis si longtemps leur cousin ne venait plus à la maison.

À cet instant, Tianjian s'était écrasé avec son avion sur les éboulis de la montagne qui se trouvait à plus de quarante *lis*[1] de la banlieue, et avait ainsi acquis la cruelle paix de l'éternité. Lui qui, toute sa vie, errait dans le ciel, ne put ainsi trouver le repos que sous terre…

Le couple n'apprit cette nouvelle que trois jours plus tard. Caishu versa des larmes, mais dans sa tristesse il y avait aussi de la fierté. C'est la pre-

1. Mesure chinoise de longueur : 1 *li* = 500 mètres.

mière fois que Manqian avait pitié de Tianjian, comme les parents trouvent soudain vulnérable leur enfant espiègle dormant profondément. La beauté, l'habileté, la domination, la ruse du cousin, qui de son vivant avaient été des séductions redoutables pour une femme, furent maintenant estompées, adoucies et minimisées par la mort, comme d'enfantines simagrées à ne pas prendre au sérieux. En même temps, Manqian éprouvait une sorte de soulagement : leur secret à tous deux, chose qu'elle voulait jusqu'ici oublier et ensevelir, devenait maintenant non seulement moins exécrable, mais un souvenir unique digne d'être conservé : comme une feuille d'érable ou un pétale de lotus qui, serré entre des pages, perd à la longue sa couleur, mais qu'on retrouve chaque fois qu'on ouvre le livre. Manqian tremblait malgré elle, comme si son corps eût été atteint d'un éclat de mort et qu'une partie d'elle-même, dérobée par Tianjian, eût péri avec lui. Heureusement cette partie de son corps s'était détachée d'elle, comme une peau séchée, des cheveux et des ongles coupés, qui ne lui faisaient plus ni chaud ni froid.

Puis toutes les associations de la ville organisèrent une cérémonie commémorative pour l'aviateur. Le couple y fut invité. Dans la salle on avait exposé l'épave de l'avion ennemi abattu pendant le combat. Avant la cérémonie, le présidium demanda à Caishu de préparer une intervention : prononcer un discours ou une allocution au nom des parents. Mais en vain. Caishu refusa net de profiter d'un mort pour se mettre en vedette, ou d'étaler son chagrin personnel en le profanant dans un déballage sentimental. Cette attitude accrut grandement le respect de Manqian envers son mari. Après cette commémoration grandiose, le nom de Tianjian devint vite aussi froid que son cadavre. Ce n'est que deux ou trois semaines plus tard qu'il fut prononcé de nouveau entre eux. À la fin du dîner, alors qu'ils bavardaient dans la chambre, Caishu dit soudain : « Il n'y a donc plus de doute sur tes malaises ! Si le Ciel veut donner un enfant, on ne doit pas le refuser. Et il faudrait bien que nous ayons un enfant. Ne t'énerve pas ! Notre situation financière va bien pour l'instant ; la guerre prendra peut-être fin avant ton accouchement. Aucun souci à te faire ! Alors, si c'est un garçon, je pense que nous l'appellerons "Tianjian", pour commémorer ainsi notre amitié avec lui pendant ces quelques mois. Qu'en penses-tu ? »

Comme pour chercher quelque chose, Manqian s'approcha de la fenêtre et tira le tiroir d'un bureau. Elle fouillait nerveusement, la tête baissée, et dit : « Je ne veux pas ! N'as-tu pas vu à la cérémonie commémorative le "porte-avions" pleurer à chaudes larmes, parée comme la veuve de Tianjian ? Tu connais bien les mœurs de ce dernier ! Leurs relations étaient sûrement très étroites. Qui sait si elle ne garde pas une graine de lui ! Qu'elle donne un fils pour commémorer l'aviateur ! Moi je ne veux pas. Et puis, je te signale que je n'aimerai pas cet enfant qui va naître. Je n'ai pas voulu l'avoir ! »

À l'objection de sa femme, Caishu n'avait, comme d'habitude, rien à répondre. La dernière phrase aviva cependant son inquiétude, comme si lui seul allait être responsable de cet enfant ! Bâillant sur sa chaise, le menton en l'air, il soupira : « Ouf ! comme je suis fatigué ! Bah ! on verra bien ! Qu'est-ce que tu cherches là en hâte ?

— Rien, je ne cherche rien… », marmonna Manqian. Et fermant brusquement le tiroir :

« … Je suis fatiguée aussi. Je n'ai rien fait aujourd'hui, mais j'ai le visage brûlant ! »

Caishu, nonchalant, contemplait la silhouette encore svelte de son épouse, son regard avouait une tendresse et une sollicitude infinies…

INSPIRATION

Il était une fois un écrivain célèbre, dont nous ignorons le nom ! Pas du tout parce qu'il n'avait pas de nom, ou qu'il avait supprimé son nom ; ou qu'il voulait rester incognito ; ou pour toute autre raison invraisemblable. Mais simplement parce que son renom était si assourdissant qu'il empêchait d'entendre son nom. Il suffit d'écrire sur une enveloppe « au plus grand poète français », le facteur la portera automatiquement à HUGO ; de même il suffit d'envoyer un télégramme « au plus grand écrivain existentialiste italien », la poste l'acheminera spontanément à D'ANNUNZIO. Nul besoin de mentionner leur nom ou leur adresse ! Notre écrivain célèbre ayant une renommée mille fois plus grande, son nom n'avait besoin ni d'être écrit ni même d'être connu, tant il était complètement submergé par sa renommée ! Rien que de prononcer les trois syllabes du mot « Écrivain », c'était bien de lui seul qu'il s'agissait !

Étant un génie, cet Écrivain était donc fécond. Mais comme il était en même temps artiste, ses œuvres ne mûrissaient que petit à petit. Heureusement, faire un livre n'est pas faire un enfant ! Les difficultés de l'accouchement ne lui avaient pas coûté la vie, et la fécondité de sa production ne fit qu'augmenter la tâche de ses lecteurs. Ayant publié bon nombre de romans, de pièces de théâtre, d'ouvrages de prose et de poésie, il avait touché, éclairé, cultivé d'innombrables lycéens et collégiens.

À l'étranger, l'importance du succès d'un livre dépend du goût des classes aisées. Toutefois chez nous, en Chine, pays digne du nom de « vénérable patrie du livre et de la poésie », ce n'est pas la richesse qui décide : on prend pour critère d'évaluation d'une œuvre le niveau culturel et le goût des écoliers. Car seuls ceux-ci acceptent de faire une dépense pour acheter des livres nouveaux et pour s'abonner à de nouvelles revues, ces grands gamins ayant une tête pensante, mais vide de toute pensée. Ils sont avides de conférences ; ils se laissent aller facilement à idolâtrer les grands hommes ; ils sont emplis d'une mélancolie digne du jeune Werther, quoique cette « souffrance » soit chez eux bien édulcorée. Quant aux grands étudiants, ils écrivent déjà depuis longtemps leurs propres livres, en caressant l'espoir de les vendre un jour. Les professeurs d'université, eux, n'écrivent plus de livres et ne rédigent que des préfaces pour les œuvres d'autrui, attendant qu'on leur offre celles-ci en récompense. Ceux d'un rang encore plus élevé dédaignent même de rédiger des préfaces et ne font que calligraphier le titre ou l'épigraphe des ouvrages d'autrui. Bien entendu, on ne manque pas de leur faire respectueusement hommage de ceux-ci !

Ayant compris la recette du succès, notre Écrivain constata que les écoliers étaient décidément sa fidèle clientèle. C'est pourquoi toute son œuvre pourrait s'intituler : « Pour les lecteurs ni grands ni petits », ou « Quelques lettres anonymes insuffisamment affranchies pour la jeunesse ». « Anonymes » parce que — nous l'avons montré plus haut — on ignore son nom ; « insuffisamment affranchies » parce que les jeunes gens doivent payer ces livres de leurs deniers. Il sait donc fort bien garder sa sérénité lorsqu'il exprime des émotions ; cacher sa médiocrité par la limpidité ; faire passer la confusion pour de la profondeur. Ayant écrit tant et tant de livres, il est devenu l'Écrivain

« incontournable » : où que l'on aille, on trouve ses ouvrages. Les clients des marchands de galettes, du traiteur ou du petit vendeur de cacahuètes bénéficient souvent de pages arrachées à ses comédies ou à ses romans et obtiennent, contre toute attente, en sus une nourriture spirituelle. Finalement, sa contribution à la littérature parvint à la consécration officielle après avoir été agréée par le grand public.

Il devint alors le génie national, et ses œuvres furent traduites en espéranto par un comité d'experts choisis par le gouvernement chinois, afin de pouvoir poser sa candidature pour le prix Nobel de littérature. Cette information ayant été divulguée, un de ses fervents admirateurs publia aussitôt un avis éclairé dans la tribune des lecteurs d'un quotidien : « Il faut que le gouvernement soutienne cette cause ! Sans autres considérations, retenons qu'il y a dans ses livres tant de personnages que, si l'on en faisait le recensement, ils suffiraient largement à coloniser une île déserte ! Or, aujourd'hui, à cause de la guerre, la population diminue. C'est donc le bon moment d'encourager toutes sortes d'enfantements ! Rien que sur le plan de la fécondité, il doit être récompensé par le gouvernement pour servir d'exemple à nos compatriotes... »

Malheureusement, la « langue du monde[1] » s'utilise peu — loin de là ! — à travers le monde. Les membres du jury du Nobel étaient tous très vieux jeu, si obsolètes qu'ils sentaient le moisi, ne sachant que l'anglais, le français, l'allemand, le russe, tout au plus le grec et le latin, mais — comme un fait exprès ! — aucun n'entendait l'espéranto. Ajustant leur pince-nez pour presbyte, ils n'arrivèrent pas à déchiffrer les chefs-d'œuvre présentés à l'examen par notre Écrivain ! Ce n'est qu'au bout d'une longue demi-journée que l'un de ces vieillards, qui avait fait de nombreuses recherches en sinologie, eut soudain l'illumination et s'exclama : « Voilà ! J'y suis ! Ces livres ne sont pas écrits dans une langue européenne : c'est du chinois transcrit dans l'alphabet latin. Nous avons fait fausse route ! C'est pourquoi nous n'y comprenons goutte ! »

Rassurée, la docte assemblée poussa un long soupir de soulagement. Le vieillard assis juste à côté du sinologue lui demanda : « Vous qui connaissez le chinois, de quoi s'agit-il alors dans ces livres ? »

Le sinologue répondit sentencieusement : « Cher

1. Traduction en chinois d'« espéranto ».

Maître, vous savez que la valeur d'une démarche scientifique réside dans sa spécialisation. Mon père a consacré toute sa vie à l'étude de la ponctuation de la langue chinoise. Moi-même, j'étudie depuis quarante ans la phonologie du chinois. Ce que vous demandez concerne la sémantique du chinois, ce qui ne ressortit pas à ma spécialité. Si cette langue possède ou non un sens, tant que je n'aurai pas trouvé personnellement une réponse exacte, je ne me permettrai jamais d'avancer une solution arbitraire d'après des arguments de seconde main. Vous comprendrez, cher Maître, ma réserve… »

Voyant que le sinologue avait l'air fâché, le vieillard qui présidait la séance s'empressa d'intervenir : « Cela ne vaut pas la peine de nous intéresser à ces livres, car ils sont tout à fait hors des règlements de notre prix. D'après ceux-ci, seuls les auteurs écrivant en une langue européenne ont la faculté d'être élus. Or ces livres sont écrits en chinois, donc inutile de perdre notre temps à les examiner ! »

Les savants vieillards approuvèrent à l'unanimité, tout en manifestant leur admiration pour la méthode si prudente du sinologue. Déclinant modestement ces louanges, ce dernier dit qu'il n'était rien à côté de l'ophtalmologue américain, récent lauréat du Nobel de médecine, qui refusait de s'occuper de l'œil droit, n'ayant pour champ d'étude que l'œil gauche… Voilà bien un authentique spécialiste ! Nimbés de cette ambiance courtoise de gentlemen, ces vieux messieurs s'en allèrent en paix. Mais alors, quel désastre pour la courte journée d'espérance de notre Écrivain !

Dès que le nom du lauréat fut connu, tout le peuple chinois entra en fureur, sans d'ailleurs parler de la grande déception personnelle de l'Écrivain. Beaucoup de ses confrères, l'enviant d'un œil rouge, le jalousant d'un œil vert, avaient griffonné maints brouillons pour, dès qu'il aurait obtenu le prix, dénigrer publiquement et unanimement son œuvre et lui dénier tout mérite pour une telle récompense. Mais dès cet instant, les mêmes, à l'unisson, lui manifestèrent à haute voix leur sympathie et leur indignation devant une telle injustice. La couleur de leurs yeux redevint aussi normale : peut-être lavés par les larmes de la compassion, ceux-ci retrouvèrent la limpidité d'un ciel bleu après l'averse.

L'éditorial d'un journal accusa violemment le président du Nobel de « l'oubli de son origine ». « Car si c'est grâce à la dynamite que le vieux Alfred Nobel a construit sa fortune, c'est la Chine qui, la première au monde, a inventé la poudre !

Donc le prix doit revenir légitimement à un Chinois. Que le regard du président soit attiré sur ce point !… » Malheureusement, la recherche du sinologue n'ayant toujours pas touché au sens des caractères chinois, cet article si énergique ne put, hélas, nullement éveiller l'attention de son destinataire !

Un autre journal plus fantaisiste proféra au contraire des consolations, félicitant un écrivain d'un tel talent d'être devenu dès lors un génie incompris, un grand artiste sous-estimé et traité avec injustice : « Certes, la réussite et l'injuste indifférence sont en soi choses incompatibles, mais lui a eu le privilège de se les voir accorder à la fois. Quel rare et enviable destin ! »

Le troisième journal avança cette solution toute pratique : « Emprunter de l'argent à l'étranger est certes de bonne politique, mais accepter un prix étranger est une humiliation. Pour honorer notre patrie, nous devons fonder nous-mêmes un prix de littérature afin de concurrencer le Nobel et d'empêcher ainsi le monopole de la critique d'établir son siège hors de nos frontières. La condition principale de ce prix consistera en ce que seuls ceux écrivant en l'un des dialectes chinois pourront poser leur candidature. Bien sûr, ces dialectes chinois comprendront l'anglais parlé à Shanghai et à Hong Kong, le japonais parlé à Qingdao, le russe que parlent les gens de Harbin… Ce prix une fois fondé, le prestige du Nobel serait affaibli ; les écrivains européens et américains, dans l'espoir de gagner notre prix, se mettront automatiquement à apprendre consciencieusement à lire et à écrire le chinois, et la culture chinoise, vieille de cinq mille ans, pénétrera ainsi en Occident… Puisque le prix Nobel est une fondation privée, le nôtre devra aussi se placer sous l'égide d'une personnalité. Pourquoi notre grand Écrivain ne ferait-il pas sienne la tactique de revanche proposée ci-dessus, et ne fonderait-il pas ce prix avec ses droits d'auteur ? »

Le rédacteur du quatrième journal, non seulement avait le sens pratique, mais faisait preuve d'une fine observation psychologique. Selon lui, il faut bien sûr encourager la littérature, mais ceux qui acceptent de subventionner la promotion littéraire doivent être eux-mêmes récompensés. Donc, si l'on veut que les capitalistes donnent de l'argent pour les belles-lettres, il faut d'abord en récompenser quelques-uns pour les encourager. Point n'est besoin que cette récompense soit importante : juste une manifestation tangible de reconnaissance à l'égard de leurs bonnes intentions. Heureusement, lesdits capitalistes n'y tiennent pas beaucoup. « Notre grand Écrivain ne veut-il pas montrer l'exemple ? »

Malencontreusement, ce sont ces prévenances louables et ces conseils bienveillants qui minèrent la santé de notre Écrivain ! Ayant appris la décision du jury, il fut si fortement indigné qu'il tomba malade et dut s'aliter. La juste colère de ses compatriotes adoucit plus ou moins sa tristesse et sa mélancolie. En attendant de lire les articles des journaux qui déverseraient sa bile, il pensait que le lendemain il était nécessaire de dicter à la presse une interview. Toutes les informations parues dans les journaux avaient été, comme d'habitude, rédigées et envoyées par lui-même. Il allait jusqu'à glisser quelques erreurs dans de tels articles, d'abord pour faire croire qu'ils sortaient de la plume d'un autre, ensuite pour avoir droit de publier la prochaine fois un rectificatif. Une insignifiante « erreur » permettait ainsi à sa signature prestigieuse d'apparaître deux fois dans un même journal.

C'est en faisant de telles réflexions qu'il prit connaissance coup sur coup des quatre éditoriaux que nous venons de mentionner. Dès le premier, il se mit en colère, pensant qu'il s'agissait d'une atteinte à la propriété privée, car l'appel à de grands motifs, tels que l'État ou la Patrie, rejetait sa propre personnalité dans l'ombre. En lisant le titre du deuxième éditorial, cette félicitation saugrenue, il déchira avec rage le journal. À la lecture du troisième, son dos fut inondé de sueur glacée. À peine avait-il fini la dernière phrase du quatrième qu'il tomba sans connaissance, bourrelé d'inquiétude…

Ce soir-là, autour de son lit de souffrance, se pressait une foule d'hommes et de femmes : délégués des associations venant prendre de ses nouvelles, journalistes, admirateurs… Sauf les journalistes qui griffonnaient dans leur carnet « Croquis au pied d'un lit d'hôpital », les autres visiteurs froissaient dans leurs mains le mouchoir prévu pour essuyer leurs larmes. Tous étaient bien conscients qu'ils étaient réunis pour l'ultime adieu. Quelques jeunes lectrices sentimentales et sensibles s'inquiétaient que leur mouchoir fût trop petit et que leurs manches trop courtes, couvrant à peine les aisselles, ne suffissent à éponger leurs larmes, comme le permettent les manches longues des messieurs. Ouvrant les yeux, l'Écrivain vit tout ce monde à son chevet, exactement comme dans les scènes d'agonie qu'il décrivait dans ses récits. Son seul regret était que sa tête et ses membres refusassent d'obéir à sa volonté : il n'arrivait plus à se rappeler et à réciter le « Discours d'adieu au monde des hommes » qu'il avait depuis longtemps préparé. Finalement, à grand-peine, il laissa échapper ces mots : « Ne faites pas d'*Œuvres complètes* avec mes écrits, parce que… » Il ne put achever la phrase, qui était trop longue, ou plutôt : la vie qui lui restait était trop courte. Beaucoup de ceux qui avaient dressé les oreilles comme des chiens de chasse, déçus de n'avoir rien entendu, les baissèrent comme celles, pendantes, d'un goret.

Une fois sortis, tous ces gens disputaient avec vivacité à propos de ces dernières volontés refusant des *Œuvres complètes.* Certains disaient : ses livres sont si nombreux qu'on n'arrivera jamais, quel que soit notre effort, à les réunir tous. D'autres pensaient qu'il devait y avoir dans ses tiroirs des milliers de romans et de pièces de théâtre inachevés, donc que les livres déjà imprimés ne pouvaient représenter la totalité de son œuvre. Le débat entre ces deux thèses devint le chapitre le plus passionnant de l'histoire de la littérature chinoise.

Lors de la cérémonie funèbre, un critique déclara avec chaleur : « Son esprit est immortel, ses œuvres sont éternelles, c'est le plus bel héritage qu'il nous ait légué ! »

Un jeune lecteur, poussant discrètement un

soupir de soulagement, se dit : « Heureusement que son corps est bien mort, sinon je serais totalement ruiné ! »

Tous les livres de ce lecteur étaient payés en effet en argent comptant, tandis que ceux du critique, comme il se doit, étaient gracieusement offerts avec la dédicace de l'auteur.

Quant à notre Écrivain, sans la moindre mauvaise conscience, il trouvait que ce n'était pas si pénible que cela de mourir. L'esprit semblait allégé, comme le corps accablé par une chaleur étouffante lorsqu'il quitte un épais et lourd manteau. Malaises et souffrances physiques disparaissaient également avec le vêtement importun, comme des poux et des parasites nichés dans les coutures du manteau. Il était incontestablement mort, mais comment se présente alors le monde de l'au-delà ? Pour un personnage comme lui qui avait tant donné à la culture et à la société, ne fallait-il pas que le Paradis eût délégué déjà ses représentants pour l'accueillir ? Mais si le Paradis n'existait pas et était une vulgaire superstition ? Pour honorer une telle personnalité, on devait au moins en inventer et en échafauder un en toute hâte ! Cependant, ne serait-il pas fasditieux d'habiter toujours au Paradis ? Sauf bien sûr si ce dernier est celui de Mahomet où sont mises à votre disposition soixante-douze jolies filles aux grands yeux et aux prunelles noires, capables de redevenir vierges à tout instant, selon votre gré ; tandis que dans le ciel, des vols de cygnes et de canards gras rôtis, à la chair bien tendre et à la peau croustillante, vous tombent tout cuits dans la bouche, prêts à être savourés. Cela est digne de considération ! Le seul regret de l'Écrivain, c'est qu'à force d'écrire à sa table de travail, il souffrait de douleurs d'estomac. Donc, trop de viande rôtie pourrait l'incommoder. Surtout qu'au col des cygnes ne sont pas suspendues des fioles de « Gastropine », de « Pilules Carter » ou de « Kalmagna »... Nulle trace de ces médicaments modernes au Paradis ! La quantité de filles semblait aussi trop généreuse, et pour l'instant, il se sentait bien incapable de profiter d'une telle aubaine. Quant au record sans précédent de ce diable de libertin Don Juan — deux mille cinq cent quatre-vingt-quatorze conquêtes ! — c'était là le score de toute une vie d'aventures amoureuses et d'effort soutenu de « cueillette des fleurs ». Mais si on lui demandait de satisfaire sur-le-champ soixante-douze pucelles, sûr qu'il se plaindrait de ne pouvoir les honorer ! De plus, si ces soixante-douze vierges avaient des visages tous différents, les critères esthétiques des choix personnels étant toujours limités, il est certain qu'on aurait un faible pour tel ou tel spécimen, et il en résulterait inévitablement des querelles de jalousie. Et lui, incapable qu'il était de faire face à deux femmes exaspérées, comment pourrait-il supporter ces soixante-douze garces, à l'humeur aigre et pimentée comme les pickles préparés par les indigènes de l'Inde ? Or à l'inverse, ne dit-on pas que ces soixante-douze *houris*[1] sont fabriquées sur le même moule, ont toutes la même chevelure noire, les mêmes yeux noirs et la même taille fine de couleuvre d'eau, sans la moindre différence dans leur aspect ? Imaginons quel ennui on ressentirait d'avoir toujours une même femme pour compagne, surtout si cette dernière était multipliée par soixante-douze ! Il n'osait même pas y penser ! D'ailleurs, la plupart du temps les lettrés quêtent les aventures galantes par vanité, uniquement pour épater les collègues par leur pouvoir magnétique à attirer le deuxième sexe. La maîtresse d'un lettré, tout comme la voiture et la maison neuves d'un nouveau riche, ne sert qu'à exciter l'envie et l'admiration d'autrui, mais n'exprime pas du tout le besoin pressant d'un désir. Tous ceux qui entrent au Paradis ne possèdent-ils pas tous le même nombre de femmes que celui

1. En français dans le texte.

des « génies malfaisants sur terre[1] » ? Alors, à quoi bon exhiber ses dons dans le domaine de la virilité ! Profiter de cette ultime occasion pour recueillir quelques documents sur la poésie lyrique et des confessions ? Ce ne serait pas si mal ! Seulement, y a-t-il des lecteurs au Paradis ? Peut-être une fois là-haut, pourrait-il lancer la mode de la lecture ? Il fallait donc se munir de quelques livres à offrir. Alors, notre Écrivain entra à pas mesurés dans sa bibliothèque…

Sitôt entré, il sentit soudain quelque chose d'insolite sous ses pieds. Le plancher, tel un ventre creux affamé, s'affaissait sous le poids des pierres, tout en s'efforçant de se redresser. Sur les étagères, les livres étaient si nombreux que le sol ne pouvait plus supporter une telle charge. On eût dit qu'il « perdait la face », d'ordinaire plane, en se boursouflant peu à peu. L'Écrivain voulut sauver ses livres entassés sur les étagères. Mais crac ! une brèche s'ouvrit sous ses pieds. Les livres petits et grands s'effondrèrent pêle-mêle dans le trou béant. Ne pouvant plus contrôler ses pas, entraîné par l'ampleur de l'éboulement, l'Auteur culbuta sous

1. D'après des légendes chinoises, il existe soixante-douze « génies malfaisants sur terre ».

l'avalanche de livres en désordre. Pelotonné en boule, il devint la cible de tous ces volumes, qui frappaient sa tête, blessaient ses épaules, égratignaient sa peau... En cet instant, il se rendit compte avec émotion de la force et du poids de ses œuvres, et regretta de n'avoir pas eu assez de retenue auparavant, en écrivant moins de pages, économisant ainsi des dizaines de milliers de caractères. C'est avec douleur qu'il vit défiler son œuvre qui lui meurtrissait le corps de toutes parts. Couvert de contusions, il était ballotté dans ce gouffre obscur et sans fond, entraîné par le tourbillon de cette tempête de livres. De plus en plus affolé, il se dit : « Si ça continue, ne vais-je pas tomber jusqu'au fond, traverser le noyau de la terre et arriver aux antipodes ?... »

Alors il se rappela soudain son cours de géographie élémentaire : l'autre face de l'écorce terrestre c'est l'hémisphère occidental, l'Amérique ! Or, les USA sont l'« Île au Trésor » de tous les écrivains du vieux continent : une fois là-bas, les sans-fortune ne font-ils pas fortune, les fortunés ne récoltent-ils pas leur moisson ? Chaque écrivain a le devoir de s'y rendre, pour voyager, donner des conférences, ouvrir un marché pour ses ouvrages, allégeant ainsi la pléthore financière des Américains et récupérant pour son propre pays les droits perçus sur les marchandises étrangères. Gagner les USA d'un seul coup, n'est-ce pas chose merveilleuse, confortable et fraîche, évitant ainsi les maux de tête et d'estomac, comme lorsqu'on voyage en avion ou en bateau ?... Par de telles réflexions, plus son corps se précipitait vers le bas, plus le cœur de notre Écrivain bondissait d'allégresse. Grâces soient rendues au Ciel, qui a la compassion de ne pas oublier la dure besogne de toute une vie ! La récompense pour un bon écrivain est de plonger aux USA plutôt que de monter au Paradis ! Bien vrai est le dicton : « Tomber d'une seule chute dans les nuées bleues[1] ! »

Pendant qu'il se prodiguait ainsi des consolations, son corps, sans aucun mal d'ailleurs, toucha le fond. Se redressant, il vit une vaste salle aux murs de laquelle étaient suspendus des planisphères. Il était tombé du toit fracturé, mais le plancher était si jonché de ses livres entassés, si matelassé qu'il avait évité de lui briser les os. Et si, quelques instants auparavant, il avait regretté d'avoir écrit des volumes si épais, il se félicitait maintenant de l'épaisseur et du moelleux de

1. Expression chinoise. « Nuées bleues » signifie la haute position sociale, la réussite sociale, la fortune.

son œuvre ! Toutefois, comment se comporter lorsqu'on a crevé le toit de la maison d'autrui ? Tout à coup, le tas de livres se remit à s'agiter, ce qui le fit encore tomber à la renverse. Dans le même temps, se précipitèrent dans la pièce quantité d'hommes en uniforme, qui l'arrachèrent du monceau de livres, en les enlevant, les écartant à coups de pied. Ce faisant, ils relevèrent aussi un grand barbu écrasé sous l'avalance, dont le visage était tuméfié, la face bleuie. Le meuble principal de la pièce apparut, et notre Auteur comprit qu'il était dans un bureau privé très luxueux. Les hommes en uniforme s'affairaient, les uns époussetant le Barbu et ajustant sa veste, les autres mettant de l'ordre dans le bureau, redressant tables et chaises renversées. En voyant l'aspect imposant de cette pièce, l'Auteur fut pris de panique, pensant avoir offensé un personnage très important. Cependant, le Barbu lui dit avec courtoisie : « Asseyez-vous, je vous en prie », et donna l'ordre à ses gens de sortir.

Alors notre Écrivain constata que la barbe et la moustache qui entouraient les lèvres et la mâchoire inférieure de l'homme était très noires et si épaisses qu'on ne voyait pas la bouche. Sortant de ce buisson hirsute, les mots semblaient teints de la même couleur que la barbe, si sombres et si duveteux qu'en les entendant on éprouvait des chatouillements dans les oreilles !

Assis et caressant les bosses de sa tête, le Barbu dit avec un rire jaune que la toison couvrant sa bouche empêchait de s'épanouir : « Cher monsieur, dans votre grand ouvrage vraiment "chaque mot pèse mille livres"[1] ! »

Voyant que le Barbu, loin de le mettre dans l'embarras, le complimentait avec ce *yiziqianjin*[2], notre Auteur s'enhardit aussitôt et dit avec fermeté : « Pas si cher que ça ! Et d'abord, je voudrais vous demander : suis-je bien aux USA ? Car convertis en dollars, mes droits d'auteur ne valent pas grand-chose !

— Ici ce n'est pas les USA ! Il faut encore descendre plus bas ! Monsieur, vous êtes tombé dans l'hémisphère Est ; l'écorce de l'hémisphère Ouest, blindée par les gratte-ciel américains en béton armé, a pu résister au poids génial de Monsieur, et la terre n'a pas été transpercée par votre chute !

1. *Yiziqianjin*, expression chinoise qui veut dire : « chaque mot pèse mille livres (*jin*) ».

2. Même expression chinoise, mais qui veut dire : « chaque mot vaut mille pièces d'or (*jin*) ». On remarque ici le calembour jouant sur l'homonymie (*jin* = livre et *jin* = or), qui permet le malentendu prétentieux de l'Écrivain, et qui suggère l'humour et l'ironie de l'auteur.

Cependant, vos grands ouvrages ont donné un sérieux coup au noyau terrestre, et probablement le sol a déjà tremblé plusieurs minutes à San Francisco ou ailleurs…

— Alors, demanda l'Écrivain avec impatience, où suis-je donc ?

— Ici, c'est ce qu'on appelle l'"Enfer" dans le monde des humains », répondit calmement le Barbu, dont l'intonation glaciale fit descendre jusqu'au point de congélation l'air noir qui entourait ses mots.

Affolé, l'Écrivain s'exclama en bondissant de sa chaise : « Quel scandale ! La conduite de toute ma vie ne mérite pas une telle punition : descendre en Enfer pour souffrir ! »

D'un geste de la main, le Barbu le pria de se rasseoir et lui dit : « Ne vous tracassez pas ! Il y a longtemps qu'un tel Enfer a été transféré dans le monde des hommes. Absorbé par votre labeur, vous n'étiez pas au courant de ce qui se passait autour de vous. Oh, cela n'a rien d'étonnant… »

Pensant que son interlocuteur était sans doute le Roi des Enfers (sinon, comment eût-il osé garder une barbe et une moustache aussi insolentes ?), notre Auteur se releva en hâte de la chaise où il venait de se rasseoir, en disant : « Que Votre Majesté, l'Empereur Souterrain, veuille bien m'excuser… »

Et disant cela, il salua en s'inclinant si bas qu'il faisait penser à cette expression française : « Saluer à cul ouvert[1]. »

Le Barbu éclata de rire : « Vous vous trompez encore, cher monsieur ! Excusez-moi, je vous prie, de ne pouvoir à mon tour vous rendre votre salut, et d'agréer si lourdement votre révérence, mais c'est que mon dos se ressent encore du choc de vos livres ! Ici c'est bien l'Enfer d'antan, mais je ne suis pas du tout cet ancien empereur ayant abdiqué, non plus que le nouveau conservateur du musée de la Cité impériale. Comme de coutume, une fois la monarchie abolie, le palais se transforme en dépôt d'objets anciens. Seulement, dans l'Enfer aux dix-huit étages[2], les antiquités ne sont que des instruments de torture. Quoique l'homme ait fait d'énormes progrès dans bien des domaines, sa cruauté envers ses semblables n'est devenue ni plus raffinée ni plus distinguée. Par exemple, les services spéciaux pour arracher les aveux, les camps de concentration pour punir les prisonniers conservent tous les méthodes archaïques, grossières mais efficaces, des barbares. Pre-

1. En français dans le texte.
2. Dans la mythologie chinoise, comme chez Dante, l'Enfer a plusieurs étages — dix ou dix-huit —, chacun pour une peine différente, le premier étant le siège du tribunal.

nez la Chine, par exemple. C'est seulement à travers les tortures que vous pouvez constater l'efficacité de la quintessence de la culture chinoise : verser de l'eau dans les narines, brûler les aisselles, écraser les doigts, ainsi que d'autres spécialités culturelles semblables… Donc, loin d'être des bibelots démodés, les instruments de torture originaires de l'Enfer ont été transférés sur terre et peuvent encore rendre bien des services. Ici, maintenant, ce n'est que le *Zhongguo Dichan Gongsi*[1], dont j'occupe la modeste charge de Directeur. »

Entendant cette révélation, notre Auteur, tout confus d'avoir fait un profond salut si inopportun, reprit soudain son aplomb et se dit : « Moi je possède le don du Ciel, lui dirige la propriété foncière. Voilà bien le couple merveilleux du Ciel et de la Terre ! » Et il demanda impromptu : « Alors, si nous sommes au centre de la terre, comment font donc les gens pour venir ici traiter des affaires ? C'est sûrement parce que la surface du globe a été totalement défoncée par des fonc-

1. Un autre calembour homonyme. Par *Zhongguo Dichan Gongsi,* on peut entendre soit « Compagnie de la propriété foncière de Chine », comme le croit l'Écrivain, soit « Office de l'enfantement en Chine », comme le Directeur l'explique plus loin, et bien d'autres sens encore…

tionnaires cupides et corrompus que les hommes d'affaires, s'insinuant partout, prolongeant les habitudes héritées de la guerre de creuser des trous pour échapper aux attaques aériennes, se faufilent dans les entrailles de la terre pour y faire fortune ! »

Le Directeur continua d'un ton impassible : « Selon vous, le *Zhongguo Dichan Gongsi* veut vendre la Chine à autrui ! Bien sûr, ce ne sont pas les clients qui manqueraient ! Mais qui pourrait payer le prix de ce trésor sans prix ? Si j'étais un vrai commerçant, j'afficherais catégoriquement la valeur réelle, refusant premièrement de perdre sur mon capital ; deuxièmement d'accepter les chèques sans provision. Alors la Chine ne trouverait aucun acquéreur, d'ailleurs moi je n'accepterai jamais, comme les stupides politiciens, de vendre la Chine en gros ou en détail. Vous avez mal compris le but de notre Office. Nous sommes une organisation qui s'occupe spécialement de la production d'enfants en Chine. Si l'Enfer a bien été transféré sur la terre des hommes, ces derniers toutefois sont encore mortels, et il faut toujours un service pour gérer la réincarnation et le "Cycle des Six Voies"[1] » des âmes. Tous les vivants, hom-

1. Expression bouddhique. Selon les textes bouddhiques,

mes, femmes, animaux… engendrés sur le sol chinois, dépendent de notre organisation.

— Alors, pourquoi votre organisation se nomme-t-elle *Gongsi* ?

— Cet Office (*si*)[1] vient de la tradition. N'y a-t-il pas un "Office de la récompense des bons", et un "Office de la punition des méchants" dans l'autre monde ? C'est pourquoi j'ai comme titre : "Directeur de l'Office", mais non "Directeur de la Compagnie", puisque *gong*[2] signifie ici tout simplement l'impartialité et l'équité de notre organisation, qui n'accepte jamais de pots-de-vin, ni n'expédie injustement les bons dans une mauvaise réincarnation. Ma grande barbe noire et épaisse est bien le symbole de cette éthique de notre Office…

— Je comprends qu'il s'agit d'un emblème à

---

l'âme d'un mort peut s'incarner de nouveau dans un autre corps vivant, et les « six voies » sont les six étapes, ou six « destinations », par lesquelles peuvent passer les êtres dans le cycle des renaissances : *deva,* homme, esprit malfaisant (*asura*), animal, esprit affamé, damné dans les enfers.

1. *Gongsi* signifie « compagnie ». Mais *gong* signifie « impartialité », « équité », ou « public » ; *si* signifie « office », ou « privé »… Il s'agit d'un calembour jouant sur la manière, fantaisiste, de lire une phrase ou une expression. Même calembour sur *Dichan,* qui peut signifier à la fois « propriété foncière » ou « enfantement ».

2. Voir note 1 ci-dessus.

double sens, rétorqua prétentieusement l'Auteur. Celui qui porte la barbe est un grand-père, donc votre belle barbe peut passer pour un signe de désintéressement débonnaire…

— Votre esprit vif fait encore fausse route ! C'est une maladie courante chez vous les lettrés ! Les *laogonggong* sont loin de porter tous la barbe, comme par exemple, les eunuques[1] de jadis. Vous avez dû remarquer la marque distinctive des grands juges occidentaux, une perruque blanche, et vous devez connaître aussi ces œuvres très en vogue de par le monde relatives à la civilisation chinoise mais destinées à la diffusion à l'étranger. Ne dit-on pas que notre pays, notre peuple, nos mœurs et notre psychologie sont le contraire de ceux des Occidentaux ? Nous avons une civilisation orientale, eux veulent à tout prix être occidentaux. Nous sommes chinois, eux demeurent étrangers. Nous disons bonjour de la main, les doigts levés, eux les tournent vers le bas. Lorsque nous saluons, nous faisons une révérence agenouillés, eux lèvent les bras. Chez eux, les hommes font leur cour avant le mariage, à genoux aux pieds des dames ; chez nous, c'est après le mariage

1. *Laogonggong* signifie « grand-père », mais on appelait aussi jadis les eunuques *gongong*. Par exemple, on appelait An Dehai, le chef des eunuques, *An Gonggong*.

que les hommes se jettent à genoux par crainte de leur épouse… Toutes ces différences entre ici et là-bas sont certes agaçantes ! De même, si nous tenons à “sauver la face”, eux sont sans vergogne. Chez nous, lors d'un deuil, on porte des habits blancs, tandis que chez eux on s'habille en noir. Donc, si leurs fonctionnaires intègres portent une perruque blanche, les nôtres, en signe d'équité, doivent laisser pousser sous leur mâchoire inférieure une barbe noire. Ainsi seront satisfaits, sans préjudice pour les catégories qu'ils ont établies, ceux qui aiment à opposer les civilisations orientale et occidentale. En même temps, la couleur de cette touffe de barbe, qui est celle de la longue nuit sans fin, exprime aussi qu'il n'y a pas d'injustice sous le ciel ! »

Le Directeur de l'Office discourait avec entrain, la barbe au vent, la bouche postillonnante, tandis que notre Auteur, dans son for intérieur, s'interrogeait sur la décision à prendre. L'homme juste est bien le plus ennuyeux, le plus inhumain, ne faisant preuve d'indulgence envers personne ! Suivant ses principes, jamais on n'arriverait aux USA ! Mieux valait filer avant qu'il ne fût trop tard. L'Écrivain se leva, le sourire aux lèvres : « Par hasard, ma bibliothèque s'est effondrée aujourd'hui, perturbant ainsi le temps précieux de votre travail et bouleversant votre bureau. Croyez que j'en suis infiniment désolé ! Mais ça m'a fait grand plaisir d'avoir, par cet accident, fait votre connaissance et entendu de votre bouche tant de choses remarquables. Plus tard, lorsque j'écrirai mes Mémoires, je ne manquerai pas de faire le plus grand éloge de votre Office. N'osant plus m'attarder ici, je vous prie d'ordonner à vos employés de rapporter mes modestes ouvrages. Je veux en choisir quelques-uns pour les dédicacer et vous les offrir : d'abord pour vous laisser un bon souvenir ; ensuite parce que les bibliophiles des générations futures se précipiteront pour acheter à un bon prix ces livres dédicacés, ainsi seront remboursés les frais causés par l'effondrement du toit de votre bureau…

— Ne vous donnez pas cette peine ! Puisque vous êtes ici, vous ne pouvez pas en sortir selon votre bon plaisir ! dit le Directeur de l'Office, en restant assis et en tortillant la pointe de ses moustaches.

— Pourquoi donc ? Vos sbires oseraient-ils me retenir ? cria l'Écrivain, hors de lui. Ne savez-vous pas que je suis un génie ? Et ce n'est pas ma faute si je vous ai dérangé, ma chute est tout à fait accidentelle : je suis tombé par hasard…

— Sous le ciel, il n'y a pas de hasard. Ce dernier n'est que la nécessité travestie et masquée. Tous les hommes sans exception, après leur mort, tombent chez nous, chacun à sa manière. Mais ces diverses façons suivent toutes la même loi inflexible : recevoir la monnaie de sa propre pièce, et tomber dans son propre piège… C'est selon ce qu'on a fait de son vivant que survient après la mort un événement qui vous remet à la place prédestinée. Comme vous êtes écrivain, ce sont donc vos livres qui ont creusé le sol et vous ont entraîné ici dans leur chute. Ce matin, c'était le tour de l'âme d'un ingénieur spécialisé en installations sanitaires : devinez comment elle est arrivée ici ? Coincée, on ne sait trop comment, dans la cuvette des cabinets, elle est tombée tout droit jusqu'ici du fait d'un usager étourdi. Mon toit est donc souvent troué et a des gouttières ; moi-même j'ai quelquefois la tête en sang, quelquefois le corps trempé d'eau sale. Mais dévoué que je suis aux affaires publiques, je me soucie peu de ces malheurs !

— Alors, à quelle épreuve voulez-vous me soumettre ?

— Ça, je suis en train de réfléchir… Vous qui avez consommé beaucoup d'encre dans votre vie, je devrais en principe vous réincarner en seiche cracheuse d'encre… Mais comme vous avez gaspillé pas mal de papier, il faudrait vous réincarner en mouton afin que vous serviez de matière première aux parchemins. En tant qu'écrivain, vous avez dû aussi user d'innombrables poils de pinceaux, alors je dois vous changer en lapin, en rat ou encore en mouton. Dommage que vous ayez été un écrivain moderne, le pinceau dans vos doigts ressemblant aux baguettes chinoises dans les doigts d'un étranger ! Vous utilisiez plutôt des becs de plume en acier ou des pointes de stylo en platine. Mais je ne sais pas de quels animaux proviennent ces deux métaux. Faute de mieux, je serais obligé de vous réincarner en grand mandarin dont le cœur et le cuir du visage pourraient donner quelque chose comme de l'acier ou du fer. Quant au platine, heureusement qu'il y a des "blondes platinées" — *platinum blonde*[1] — aux yeux de saphir, dont la "différence spécifique" est déjà bien fixée. Finalement, si l'on s'en tenait à votre façon d'écrire, utilisant dans vos livres plusieurs noms de plume, je devrais vous transformer en fieffé voleur, accusé de plusieurs larcins et sous le coup d'un mandat d'arrêt, obligé de changer sans cesse de nom et de prénom. Cependant, comme on ne possède qu'une vie, vous ne pou-

1. En anglais dans le texte.

vez pas être à la fois homme, femme, seiche ou lapin ! Donc… Oh, ne partez pas ! Des gens vous attendent derrière la porte pour vous régler votre compte ! »

Constatant que le discours du Barbu devenait de plus en plus délirant, notre Écrivain, qui allait ouvrir la porte pour s'enfuir en courant, s'arrêta, tournant la tête avec un froid sourire : « Comment ! Me régler mon compte à moi ? Ha ! ha ! monsieur le Directeur qui ironisiez sur mon ignorance de "la grande tendance mondiale actuelle", permettez que je vous retourne ce même reproche. Vous croyez qu'un génie moderne est encore et toujours le rêveur incapable de gérer ses finances, végétant dans la misère, ou l'artiste aux cheveux longs, criblé de dettes ? Vous êtes encore intoxiqué par les séquelles du romantisme et ne saisissez nullement la réalité actuelle. Nous ne sommes plus des benêts, nous avons parfaitement assimilé l'importance de l'économique dans la vie ; par crainte de l'insuffisance de notre propre habileté, nous avons embauché des imprésarios, engagé des avocats pour défendre nos intérêts. Nous faisons du commerce, formons des associations grâce aux sommes considérables de nos droits d'auteur. Bien sûr, trop de gens cultivés sont encore de véritables mendiants distingués. Mais moi, je suis une exception ! Juste avant ma mort, j'avais encore les droits d'auteur de plusieurs pièces de théâtre à percevoir, les droits de plusieurs romans à toucher, des milliers de titres à vendre, des dividendes échus à encaisser… Il n'y a que moi qui puisse réclamer mon dû à autrui, pas question que d'autres me demandent des comptes ! Qui voulez-vous donc abuser avec votre discours ?

— La capacité de Monsieur d'"appréhender la réalité" — je veux dire "saisir l'argent sonnant et trébuchant et les intérêts réels[1]" — est vraiment surprenante. Mais ce ne sont pas des dettes d'argent que la foule derrière la porte vous réclame… Ils sont venus pour porter plainte contre vous…

— Quelle plainte contre moi ? Tout au plus calomnie, plagiat ou atteinte aux bonnes mœurs. Voilà les trois griefs qu'on peut imputer à un lettré ! Tout écrivain le sait bien : qui n'a jamais comparu devant un tribunal pour être confronté à des témoins ; qui n'a jamais été arrêté, ou même emprisonné, comme une vedette à la mode impliquée dans un procès de divorce, ne pourra atteindre une notoriété retentissante.

— Vous êtes accusé de meurtre ! »

1. Calembour sur *xianshi*, qui signifie aussi bien « réalité » qu'« espèces sonnantes et trébuchantes et intérêt réel ».

Ces derniers mots du Barbu semblaient être coulés dans un moule d'acier et sidérèrent notre Auteur. En un clin d'œil, sa vie passée défila dans sa tête avec tous les détails et sans aucun oubli : il n'avait jamais commis de meurtre ! Certes dans quelques ouvrages, à une certaine époque, il avait bel et bien fait de la propagande pour la révolution. Probablement, quelques adolescents un peu trop naïfs avaient succombé à l'incitation, sacrifiant pour de bon leur jeunesse et leur sang ardent. C'est sur ce point seul qu'il ne pouvait plaider non coupable. Mais à cette époque-là, il voulait prendre une assurance sur la vie, son épouse désirait avoir un enfant : tout cela était impossible sans argent ! Si pour sa propre vie, pour celle de sa femme et de son fils, il avait très indirectement fait disparaître quelques braves gens, ce n'était pourtant pas un crime. D'autant plus que bon nombre de ces pauvres nigauds, débordant d'enthousiasme, considéraient la mort comme un simple retour chez soi, et ne regretteraient sûrement pas la vie au point d'en faire payer à quiconque l'interruption. Enhardi de nouveau, l'Écrivain poussa un grognement désapprobateur et ouvrit toute grande la porte du bureau. À peine avait-il mis le pied dehors qu'une clameur rauque l'assaillit de toutes parts :

« Rendez-nous la vie !... »

La cour était submergée par une foule refluant jusqu'à l'entrée principale. Les employés en uniforme barraient le passage sur les marches du couloir pour empêcher cette masse de se ruer dans le bureau. Le Barbu dit, dans le dos de notre Écrivain, en lui tapotant légèrement l'épaule : « Puisque c'est ainsi, il faut vous expliquer avec eux ! »

Il sortit avec lui, et ils s'arrêtèrent juste devant la porte. Apercevant l'Auteur, tous ces gens tentaient de se précipiter sur lui, la main levée, criant d'une seule voix :

« Rendez-nous la vie ! »

Bien que la foule fût innombrable, leurs voix frêles et confuses semblaient éteintes, le souffle singulier de chacune n'ayant pas assez de puissance, ni de consistance pour former le chœur d'un grand cri vigoureux. L'Auteur scrutait avec attention tous ces individus : hommes et femmes, enfants et vieillards, riches et pauvres, aucune catégorie sociale ne manquait. Tous cependant semblaient atteints d'une grave maladie, ayant perdu force et entrain, si fragiles et si diaphanes qu'ils étaient incapables de projeter une ombre sur le sol. À travers les efforts que trahissait leur moindre geste, on constatait qu'ils souffraient d'un manque de vitalité. Leurs mains tendues tremblaient légèrement, comme des voix qui s'efforcent de contenir leur chagrin et leur indignation, ou comme des toiles d'araignée suspendues entre deux branches, qui tentent vainement de se rejoindre… Que craindre donc de ces gens-là ! En plus, parmi eux il y avait de petites vieilles aux pieds bandés, des gamins de trois à cinq ans, des femmes à l'allure de sorcière — bien que cette allure semblât déjà estompée —, et ce n'étaient pas là ces martyrs morts pour la révolution sous l'influence de ses écrits ! Sauf… sauf si leur vie avait été brutalement interrompue par leurs compagnons révolutionnaires à l'idéal élevé. C'est donc pour ce motif qu'ils intentaient une action contre lui ? Par exemple cette bonne femme : dès le premier coup d'œil, on savait que c'était une mère autoritaire, excellente cible pour une révolution familiale ! Ils méritaient donc tout à fait de disparaître ! Et ce n'était pas la peine d'en avoir peur, puisque c'était lui, l'Auteur, qui était dans son droit. Donc, avançant héroïquement d'un pas, après avoir toussé et s'être raclé la gorge, l'Écrivain leur dit : « Ne faites pas tant de tapage ! Ne vous trompez-vous pas de cible ? Je ne connais personne d'entre vous, personne…

— Mais nous tous, nous vous connaissons !

— Bien sûr ! Être connu de gens qu'on ne connaît point, c'est ce qu'on nomme la “renommée" ! Vous me connaissez ? À quoi bon, puisque je ne vous connais pas du tout ?

— Vous ne nous connaissez pas ! Quel mensonge ! N'avez-vous pas honte de feindre l'ignorance ? Nous sommes les personnages de vos romans et de vos pièces. Vous ne vous en souvenez pas ? »

À ces mots, tous s'approchèrent, allongeant le cou, levant le visage, afin qu'il pût mieux les regarder, et se disputant pour parler le premier : « Je suis l'héroïne de votre chef-d'œuvre *Le mal d'amour*...

— Moi, je suis le paysan de votre célèbre roman *Les copeaux d'émeraude*...

— Moi, c'est la jeune dame de votre grand livre *Le songe d'une nuit d'été*...

— Je suis la grand-mère de votre roman insolite *La chute dans l'eau*...

— Moi, je suis la demoiselle d'une honorable famille dans votre chef-d'œuvre *Le bandit*...

— Je suis l'intellectuel errant au carrefour des doctrines dans votre recueil si précieux *Embrasser à gauche et à droite*...

— Je suis, moi, l'enfant gâté d'un notable de village dans l'œuvre dont vous étiez si fier : *Le cauchemar dans le pavillon rouge*[1]. »

1. Pastiche du titre du célèbre roman de Cao Xueqin, *Le rêve dans le pavillon rouge*, Bibliothèque de la Pléiade, Gallimard.

L'Écrivain, dans une subite illumination, leur dit : « Mais alors, pourquoi m'accuser ? N'appartenons-nous pas tous à la même famille ? » Il commençait à comprendre peu à peu leur intention, comme on perçoit un objet ondoyant au fond des eaux, soudain éclairé vaguement par le soleil.

« Nous vous réclamons notre vie ! Dans vos livres, vous nous avez décrits comme des êtres vides et amorphes, dont chaque réplique et chaque geste font penser à des fantoches, pas du tout à des personnes bien vivantes ! Vous nous avez dépeints certes, mais sans pour autant nous donner vie. Donc, vous devez payer de votre vie, vous qui nous avez privés de vie ! »

Une femme au visage flou s'efforça, la première, de prendre la parole : « Vous souvenez-vous de moi ? Seul peut-être mon vêtement pourrait vous rappeler mon rôle dans votre œuvre. Vous aviez l'intention de me dépeindre comme une femme au visage tendre mais au cœur dur, ayant ensorcelé et détruit d'innombrables jeunes pleins d'avenir. Mais qu'avez-vous décrit de votre plume ? Ni homme ni femme, sans caractère vraisemblable, sans figure vivante. Vous dites, par exemple, que j'ai "des yeux qui coulent", un regard "si perçant qu'il est capable de faire une radioscopie des âmes"... Hé ! n'avez-vous pas honte d'une si piètre imagination ? "Coulants" ! "Perçant" ! Mes yeux sont-ils des glaçons qui dégoulinent d'un toit à la fonte des neiges ? Vous m'avez chargée de jouer la vamp fatale dans une grande boîte de nuit, pour sucer le sang et l'énergie des hommes... Mais sous votre plume, je suis abstraite et exsangue, pas même une passive éponge absorbant l'eau : un simple papier buvard froissé à force d'être trop utilisé. Vous écrivez que je parle de façon "sèche et coupante". Écoutez donc ma voix ! N'est-elle pas "sèche" à se fendre et "tranchante" à se briser ? Vous avez détruit toute ma vie, alors maintenant, que faire ?... »

À côté, un vieux notable l'interrompit, tout essoufflé : « Dans votre livre, je suis vieux dès ma venue au monde. Soit. Cependant, un vieillard doit avoir les caractères de la vieillesse ! Avec une santé comme la mienne, accablé en plus par tant de lustres passés, quel serait le plaisir de prendre des concubines et de s'attirer soucis et complications ? Quel sale type vous êtes ! Non seulement vous ne me donnez aucune vie plausible, mais encore vous déshonorez ma seconde vie : la réputation ! Alors, je n'ai pas de vie, même vieille, pour me battre avec vous, et ce n'est pas sans peine que je vous rencontre enfin aujourd'hui ! Je vais d'abord vous demander vie pour, ensuite, me battre avec vous !... »

Le vieillard était tellement hors de lui qu'il ne put continuer et suffoqua d'une quinte de toux. Un gars au teint foncé dit alors, en lui tapotant l'épaule : « Monsieur, vous avez assez parlé ! À moi maintenant de l'interroger ! Hé ! vous ne me reconnaissez plus ? Sous votre plume, je suis un rustre. Je lui ressemble bien, hein ? Veste courte, manches retroussées, se frappant la poitrine avec colère pour un rien, ouvrant sa grande gueule pour dire “Moi, ton père !” et fermant la bouche sur “Putain de ta mère !”. Votre bouquin dit que j'ai des “gros mots plein la bouche”. “Moi, ton père !” “Putain de ta mère !” N'est-ce pas par ces deux-là — père et mère — qu'on vient au monde ? Qu'y a-t-il là de grossier ? Vous voudriez que je sois grossier, et moi, je ne me trouve pas grossier, mais simplement grossi d'eau, si gonflé qu'il n'y a rien dedans ! Si je suis un vrai rustre, je dois d'abord, selon l'usage, vous balancer quelques gifles, ensuite nous réglerons nos comptes... Mais si vous me cognez, je n'aurai même pas la force de rendre les coups. Quelle misère ! »

À cet instant, tous les personnages se précipitèrent pour prendre la parole. Notre Écrivain était tellement déconcerté qu'il n'avait même pas l'esprit de se féliciter de n'avoir pas dépeint un rustaud débordant de vie, et de s'épargner par là d'être méchamment rossé. Quelques personnages allèrent jusqu'à faire appel au Directeur de l'Office, lui demandant de retenir les charges contre l'Auteur et de prononcer le plus vite possible la sentence.

Le Directeur répondit en souriant : « Bien qu'en elle-même cette affaire ne soit pas comparable à un disque de phono, nous devons, toutefois, auditionner les deux faces du disque ! Monsieur l'Auteur, quelle est votre défense devant ces accusations unilatérales ? »

L'Auteur trouva soudain une solution pour se tirer de cet embarras et dit à la foule se pressant au pied du perron : « Ce que vous avancez est partiellement juste… mais sans moi, comment pourriez-vous exister ? C'est moi qui vous ai engendrés, alors, ne suis-je pas véritablement votre père ? Or, "sous le ciel aucun père n'a tort", et nul ne doit oublier son origine ! Vous ne pouvez donc me créer des ennuis… »

Le Directeur ricanait en caressant sa barbe.

Un personnage masculin hurla dans un accès de colère : « Dans votre livre, vous m'avez encouragé à semer la révolution dans ma famille et à acculer mon père à la mort par mes opinions. Vous osez parler maintenant de piété filiale ? »

Un personnage féminin susurra, souriant, la bouche mi-close : « Si vous êtes mon père, alors, où est ma mère ? »

Un autre homme dit, les larmes aux yeux : « Je ne connais que l'amour maternel, le grand et pur amour maternel, et dans votre livre je n'éprouve nul besoin d'un père ! »

Une personne d'âge mûr ajouta : « Même un père qui nourrit ses enfants n'obtient pas la reconnaissance de ses fils et de ses filles. Mais vous, qui vivez à nos dépens ! Vous nous poussez tous vers la mort dans vos écrits, afin que vous puissiez bien vivre en vendant vos livres. C'est là tout simplement "assassiner pour s'emparer du bien d'autrui", ou pour le moins, c'est une "captation d'héritage". Mais alors, c'est nous qui sommes vos aïeux ! »

Entendant ces paroles, un vieillard hocha la tête et dit d'un ton admiratif : « Voilà un discours bien envoyé ! »

Le rustaud ajouta, en montrant ironiquement son nez : « Moi, je suis donc bien ton père ! »

La fille de la boîte de nuit repartit en tortillant des hanches : « Aïeux ? Je n'aime pas ça ! Bien des jeunes nourrissent leurs vieux, sans parler des jeunes filles qui sacrifient leur corps afin d'entretenir leur père !

— Mais moi, je n'ai pas été conçu par vous ! » cria, inattendue, une énorme voix dans la foule, dominant toutes les autres récriminations de moindre ampleur.

À la vue de celui qui criait ainsi, l'Écrivain fut transporté de joie : ce n'était personne d'autre que son meilleur ami, un riche mécène, partisan de toute promotion culturelle, et qui était décédé quelques jours avant lui. C'était le fils d'un nouveau parvenu, plein de nobles aspirations dès sa jeunesse, ce qui ne voulait pas dire qu'il méprisait la fortune un peu illicite de sa famille, mais qu'il trouvait cet enrichissement bien rapide et que cet argent était encore trop brillant et, bien loin de dégager un parfum d'ancienneté, « piquait par trop le nez ». Son père éprouvait aussi ce « revers de la médaille » et s'efforçait de se donner un air « vieille Chine », tout comme ceux qui portent une robe neuve en toile de lin lustrée, mais froissée exprès, pour diminuer leur maintien campagnard et atténuer le bruissement froufroutant de l'étoffe neuve. Tandis que son père ne rêvait que de devenir parent par alliance de gentilshommes ruinés ou de mandarins véreux, lui s'efforçait de se faire poète décadent, chantant le tabac, le vin, les filles perdues, la drogue et même le crime… avec pourtant un seul regret : que, comme il ignorait les règles de la prosodie — le « ton oblique » —, la forme poétique dont il usait ne fût pas assez archaïque. Il s'en tirait tant bien que mal, avait de nombreuses liaisons féminines, et rien que les marques des cigarettes qu'il avait fumées, des bouteilles qu'il avait bues, sans même parler des drogues, pouvaient s'organiser dans son ventre en véritable alliance internationale. Toutefois, il n'avait commis aucun crime, sauf peut-être celui d'avoir composé quelques vers libres qui n'étaient absolument pas libres.

Un jour, accompagnant sa maîtresse au restaurant, il découvrit tout à coup que le rouge à lèvres était avalé avec le riz et les différentes sauces. Donc à l'issue d'un repas, les lèvres des dames perdaient leur couleur et avaient besoin d'être ravivées. L'instinct commercial dont il était l'héritier sembla surgir d'un rêve dans son esprit, comme un serpent réveillé d'une longue hibernation. Dès le lendemain, voulant en finir avec le poète décadent et changer d'orientation, il ouvrit une grande usine grâce à l'argent paternel. Le premier produit de cette entreprise n'était autre que le « Rouge à lèvres vitaminé », et l'efficacité de cette considérable invention ne pouvait être qualifiée que par la merveilleuse prose de son chef de publicité : « Beauté et hygiène : d'une pierre deux coups », « Dorénavant, s'embrasser, c'est prendre un fortifiant ! » — au-dessus de ce slogan était dessiné un adolescent vêtu en bonze embrassant une bonzesse à la longue chevelure, allusion, semble-t-il, à Jia Baoyu « se régalant du rouge à joues[1] » —, « Amour bien rempli ! » — avec comme image un gros bonhomme souriant jusqu'aux oreilles, étreignant une fille faisant bomber sa bouche en cœur pour montrer la vertu indélébile du « Rouge à lèvres vitaminé tonique du sang ». Quoique la composition chimique de ce fard fût tout à fait la même que celle des autres cosmétiques, avec ces trois ou quatre mots habilement ajoutés à sa dénomination il répondait à l'attente de la clientèle comme à la psychologie sociale ; ainsi fut décuplé le capital que son père lui avait confié. Sur cette lancée, il inventa encore l'« Huile capillaire tonique du cerveau et de l'intelligence » ; le « Chewing-gum à l'huile de foie de morue » ; la « Poule grasse pour la minceur » destinée aux tailles sveltes qui, en la mangeant, ne risquent pas l'embonpoint…

1. Héros de l'un des plus grands romans chinois classiques, *Hong lou meng* de Cao Xueqin (?-1763 ?), Jia Baoyu est un fils de famille beau et séduisant, amoureux de ses nombreuses cousines et soubrettes, mais il finit par quitter sa famille ruinée pour se faire bonze. *Cf. Le rêve dans le pavillon rouge, op. cit.*

À quarante ans et fortune faite, il avait cependant la nostalgie de son ancienne passion. Se rappelant son rêve de jeunesse, il se mit à subventionner la littérature. Le théâtre étant le genre le plus apprécié, tant par les gens raffinés que par le vulgaire, il soutenait donc, dans la perspective de son esprit inventif, le « Mouvement pour un théâtre salubre », qui rassembla bon nombre d'écrivains. Selon lui, la comédie fait rire le spectateur, et fortifie certainement la santé ; mais si l'on rit trop fort, le visage se charge de rides et la bouche laisse entrer les microbes. Ainsi, trop rire fait mal au ventre, décroche la mâchoire et produit aussi d'autres effets préjudiciables pour la santé. Il préconisait donc des comédies capables de faire seulement sourire. Quant à la tragédie, elle avait aussi d'après lui une fonction sanitaire. Tous les orifices du corps servent à des évacuations purificatrices. Or, l'homme moderne plongé dans la civilisation industrielle a une sensibilité si desséchée que ses yeux manquent de motifs pour se purifier. En faisant verser des larmes hygiéniques, la tragédie évite la « constipation » ou le « ballonnement » des organes oculaires.

À la même époque, notre Écrivain, jouissant déjà d'une bonne renommée dans toute une génération, était en train d'adapter ses romans pour la scène. Bien que ses pièces ne s'accordassent pas tout à fait aux normes du « théâtre salubre » fixées par son promoteur, le renom de l'Auteur était déjà si grand que son œuvre inquiétait et terrorisait le spectateur cependant réticent. Celui-ci n'osait plus ne pas applaudir avec les autres, de peur d'être méprisé par ces derniers pour son manque de jugement et son inaptitude à admirer les chefs-d'œuvre artistiques et littéraires. Certes, les spectateurs de ses tragédies avaient une folle envie d'en rire, mais le poids du respect et la crainte révérencielle d'une si fameuse renommée les empêchaient de rire à gorge déployée. Ils ne pouvaient que pouffer sous cape, se couvrant la bouche avec le mouchoir préparé pour essuyer les larmes. Ce qui correspondait exactement aux conditions théoriques du « théâtre salubre ». Quant à ses comédies, les spectateurs souffraient certes de toute leur lourdeur, mais qui avait le courage de se lever et de s'en aller, et qui osait passer pour un « philistin » insensible à la profondeur de l'œuvre ? Alors tous se carraient confortablement dans leur fauteuil pour dormir. Et dormir, n'est-ce pas un des constituants importants de la bonne santé ?

L'Écrivain et le « mécène », l'un chantant et l'autre accompagnant, s'étaient donc trouvés liés à la vie et à la mort par une profonde complicité. Lors du cinquantième anniversaire de son riche ami, notre Auteur avait même réuni une collection d'articles pour le fêter et le commémorer. Présentement, s'apercevant que c'était bien lui, l'Auteur réconforté s'écria en lui faisant signe de la main : « Tu tombes bien ! Viens vite m'aider à me justifier devant ces gens-là.

— Moi, te défendre ? rétorqua le mécène d'un air glacial. Mais moi aussi, j'ai des comptes à régler ! »

Hébété, l'Auteur bafouilla : « Qu'est-ce que cette brouille... ? Le jour de ton cinquantième anniversaire, n'ai-je pas fait publier pour toi un numéro spécial de félicitations dans le supplément du journal, et écrit en langue moderne un éloge d'anniversaire qui te portait aux nues ? Mais malheureusement, pour avoir trop bu, le soir même tu es tombé raide mort. Je n'ai pas pu te dire adieu et je le regrette encore. Aujourd'hui que par chance nous nous sommes rencontrés, nous devrions en être heureux ! Alors pourquoi tourner si impitoyablement le dos à un ami ?

— Hé ! c'est par tes mains d'assassin que j'ai perdu la vie ! Tu oses parler encore d'amitié ? Ton numéro spécial est tout simplement un faire-part nécrologique ; ton texte d'anniversaire m'a fait bel et bien mourir dans mon lit ; ton éloge m'a bien porté, c'est le cas de le dire, jusqu'aux nues. Tu ne sais pas combien tu es redoutable ! Ta plume est un poignard, ton encre est breuvage empoisonné, ton papier est plus terrible que le mandat d'arrêt de Yama, le dieu des Enfers. Non seulement les personnages de tes romans et pièces ressemblent à des marionnettes d'argile sans aucune vie, mais même les véritables êtres vivants, une fois dépeints ou analysés par ta plume, sont vidés et de vitalité et de substance ! Si tu n'avais pas écrit cet article-là, j'aurais eu encore plusieurs années à vivre ! Tâche de te souvenir ! Le ton de ton article plein de déférence, débordant de respect et de crainte, n'est-ce pas là biographie d'un défunt rédigée par un fils pieux, ou épitaphe payée au prix fort ? Comment supporter une telle flatterie ! Elle m'a arraché tout avenir ! Je t'attends alors exprès ici, pour te réclamer ma vie ! »

En l'écoutant lui adresser de tels reproches, l'Auteur fut soudain saisi par une pensée désagréable, qui lui resta sur le cœur comme quelque chose d'indigeste vous reste sur l'estomac. Avant sa mort, ne venait-il pas de rédiger sa propre autobiographie, pour la publier une fois le prix Nobel décroché ? Si l'on souscrivait aux arguments de son ami, tout personnage mourait sous sa plume :

alors lui-même n'était donc pas mort de dépit, mais bien de sa propre autobiographie ! Le tort des torts était de posséder une pareille plume meurtrière, sans même écrire, pour rivaliser avec les bombes atomiques, des livres sur la « guerre de résistance contre le Japon » ! Pourquoi s'être obstiné à rédiger cette autobiographie ? Quel regret éternel ! Cependant... suis-je bête ! Puisque ce qui est fait est fait, n'est-ce pas le moment de tirer le meilleur parti possible de cette bévue ? Le plus urgent est de congédier d'abord ces fantômes qui mendient la vie !

Alors, il cria à la foule : « Comme vous venez de l'entendre, j'ai porté mes crimes à leur comble, j'ai récolté ce que j'avais semé, et ainsi j'ai déjà payé le prix de vos vies. N'ai-je pas rédigé une autobiographie pour me raconter moi-même ? Et n'est-ce pas là m'être suicidé ? Laissons, laissons donc : nous sommes quittes et je ne vous dois plus rien ! »

Tous s'écrièrent d'une seule voix : « Quelle bonne affaire vous faites là ! Comment votre mort pourrait-elle passer pour un suicide ? Lorsqu'on perd la vie, intoxiqué, en mangeant par gourmandise un morceau de tétrodon[1], ce n'est pas

1. *Hetun*, poisson à la chair très appréciée, mais dont certaines parties sont vénéneuses.

du tout se suicider par dégoût du monde ! Au début, vous n'aviez pas prévu que vous seriez tué par votre propre plume-couteau, et l'intention de votre autobiographie n'était que de chanter vos propres louanges. Nous vous réclamons donc toujours la vie ! la vie !... »

Affolé, tordant ses mains et marchant en cercle, l'Auteur murmurait : « C'est un vrai cauchemar ! »

Le Barbu déclara : « Allons, maintenant je peux prononcer la sentence. Je vais vous réincarner en... »

Tout en le saluant les mains jointes, l'Auteur dit : « Monsieur le Directeur, je vous supplie d'écouter d'abord une seule de mes requêtes. J'ai été rassasié durant ma vie des amertumes de la carrière littéraire. Jadis, je rêvais de jouir dans la vie future des honneurs et du luxe du monde d'ici-bas, mais maintenant je n'ai plus du tout cette folle espérance. Contrit par mes péchés accablants et profonds, je vous prie de minimiser mon crime en considérant mes bonnes actions, et de me punir avec clémence, en me condamnant à me réincarner en un écrivain... »

Le Barbu s'étonna : « Encore écrivain ? N'avez-vous pas peur que les gens vous réclament la vie ? »

La foule au pied du perron fixait, les yeux ronds, notre Auteur, tandis que ce dernier s'expliqua : « Je ne ferai plus que des traductions, je ne toucherai plus à la création littéraire, ce qui écartera tout danger pour ma vie. En plus, je ne traduirai que mot à mot le texte original, sans jamais faire de traduction libre afin de ne pas couper le souffle vital du texte et d'éviter ainsi d'être accusé dans un procès par un auteur étranger. Par exemple, le roman historique américain *Gone With the Wind*[1], je le traduirai fidèlement en *Marche folle sous le vent*[2]. Le chef-d'œuvre de Dante, je le traduirai en *La farce du Ciel le Vieux Père*[3]. Je pourrai certes traduire librement l'épopée de Milton par *Ballade de la chute de Suzhou et de Hangzhou chantée par un aveugle*, mais je jure que je ne le ferai jamais, bien qu'il y ait un proverbe chinois tout prêt : "En haut on a le Paradis, en bas on a Suzhou et Hangzhou", et bien que Milton fût réellement aveugle. Chaque fois que je ne saurai comment traduire, en suivant les fameux exemples, tels que *Youmo, luomandike,*

1. En anglais dans le texte.
2. Il s'agit du célèbre roman américain traduit en français sous le titre *Autant en emporte le vent.*
3. *La Divine Comédie.*

aofuhebian[1]... j'adopterai alors la translittération en transcrivant le texte tout entier en caractères chinois, de sorte que le lecteur ait l'impression de lire le texte original et que la vie des personnages puisse être en sécurité dans la version nouvelle. Ou bien, je ne ferai pas non plus de traduction, mais composerai des pièces de théâtre. J'écrirai uniquement des tragédies historiques, telles que *Guangong, Yuefei, Yangguifei*, ou *Luzhu, Zhaojun*[2]... On ne manquera pas de sujets ! Les personnages historiques étant tous déjà décédés, on peut se permettre sans dommage de les faire mourir dans une tragédie. Devant cette seconde mort fictive, personne ne m'accuserait de lui ôter la vie ! Ou bien encore, je vais adapter l'œuvre de Shakespeare. Ce vénérable aîné m'était apparu en rêve, pour me dire que les personnages de ses pièces ont une longévité si tenace qu'ils sont las de vivre et voudraient bien mourir pour en finir.

1. Translittération d'« humour », de « romantique » et d'*aufheben*.

2. Guangong, personnage du roman historique *San Guo Yanyi* (l'*Histoire des Trois Royaumes*), de Lo Guanzhong (1330 ?-1400 ?). Yuefei, héros patriotique à la fin des Song du Nord. Yangguifei, fameuse concubine de l'empereur des Tang (712-756). Luzhu, concubine d'un riche prince des Jin occidentaux (265-316). Zhaojun, princesse chinoise donnée en mariage au chef des Xiongnu en 198.

Il m'avait prié de les prendre en pitié et de leur permettre d'achever leur vie sans souffrance. Il avait dit qu'il s'agissait chez eux, en Occident, de l'euthanasie (*mercy killing*[1]). Il m'avait aussi complimenté d'être "plein de promesses", en me saluant respectueusement les mains jointes, tout en implorant : "Ayez l'obligeance, ayez l'obligeance..."

— J'ai moi-même une bonne solution, dit le Directeur, écoutez bien ! Attendu qu'en écrivant son autobiographie, son intention n'était pas de se donner la mort ; attendu qu'en rédigeant une préface d'anniversaire pour les autres, son dessein n'était pas non plus d'abréger leur vie, il appert que ces deux choses peuvent s'annuler, donc il n'y a plus de grief valable entre lui et le mécène. Mais attendu qu'il a privé de leur vie les personnages de ses livres, cet acte mérite sanction. Pour le punir dans sa réincarnation, rien n'empêche de le condamner à jouer un rôle dans le roman ou la pièce d'un autre écrivain, pour qu'il puisse expérimenter lui-même la pénible situation de n'être ni mort ni vivant. Le problème est que les romanciers sont tellement nombreux ! Sous la plume duquel pourrais-je l'envoyer ?... Ça y est !

1. En anglais dans le texte.

J'ai trouvé ! Je vois sur terre un jeune homme qui est en train de projeter une création synthétique sans précédent : écrire un roman en cinq actes et dix scènes avec la syntaxe d'un essai du style aphoristique et la rime et le rythme formels de la poésie nouvelle. Le papier, l'encre et le pinceau sont prêts, il n'attend plus que l'"inspiration". Alors, au moment de la descente divine, nous enverrons en cachette un diable dans sa tête.

» Monsieur !... déclara le Barbu en tournant son visage vers notre Écrivain, monsieur ! On ne peut mieux choisir que vous pour être le héros de ce roman ! Vous êtes un génie et votre nouveau confrère désire justement décrire la vie et l'âme d'une telle personnalité ! »

Un personnage des livres écrits par l'Auteur demanda d'une voix rauque tout en montrant du doigt ce dernier : « Monsieur le Directeur veut-il bien parler de "la vie et l'âme" ou de "la vie sexuelle[1]" ? Si le jeune écrivain met l'accent sur cette dernière signification, n'est-ce pas une aubaine pour notre fieffé ennemi ?

— Ne vous inquiétez pas ! répondit le Barbu en souriant. Ce jeune homme-là a hérité de bien

1. Calembour en chinois : dans les deux expressions *xingling yu shenghuo* et *xingshenghuo*, on trouve *shenghuo* (la vie) et *xing* qui signifie soit l'âme, soit le sexe.

des oripeaux de Monsieur. Une fois entré dans son livre, on ne sait plus si l'on est vivant ou mort, encore moins comment vivre !

— D'accord ! Vive la justice du Directeur ! » s'exclama joyeusement la foule.

Notre Écrivain, désespéré, proféra une dernière protestation : « Monsieur le Directeur, mes propres intérêts personnels, j'en ai déjà fait mon deuil. Il faut pourtant faire contre mauvaise fortune bon cœur : j'ai encore cette ultime grandeur d'âme ! Mais vous ne devez pas humilier l'Art et la Littérature ! Ce jeune homme attend la “descente divine”, mais vous vous obstinez à envoyer mon âme pour “le pervertir”. C'est l'inspiration qu'il désire, pas la “possession démoniaque”. Vous me causez des ennuis, soit, mais si vous voulez jouer un mauvais tour à l'Art et à la Littérature — valeurs sublimes au suprême degré —, je ne le permettrai absolument pas ! Si la Société des gens de lettres vient à l'apprendre, elle publiera sûrement une ferme protestation !

— “Dieu n'est-il pas l'âme du Démon ?” Monsieur le mérite donc bien. Et puis ça n'a pas grande importance… », dit le Directeur de l'Office.

Ayant jeté depuis longtemps tous les livres classiques brochés à la chinoise dans des latrines, l'Auteur demeura coi en écoutant citer si sentencieusement les Anciens. Il crut entendre une référence aux livres canoniques, sans s'apercevoir que ce n'étaient là que phrases inventées par le Directeur. Au milieu des éclats de rire ironiques de la foule, son âme se mit en route sous la conduite d'un diablotin en uniforme.

Cela faisait bien trois ans et plus que le jeune écrivain attendait l'inspiration, tandis que le prix des feuilles de brouillon achetées jadis se décupla maintes fois. Mais attendue à gauche, l'inspiration ne venait pas ; attendue à droite, elle n'arrivait toujours pas. Peut-être s'était-elle égarée, ou avait-elle oublié tout simplement l'adresse du jeune homme…

Un beau jour, celui-ci eut une révélation subite : si l'on veut engendrer sa première œuvre, pourquoi ne pas chercher sa conception dans le corps d'une vierge ? Donc, lorsque le diablotin était arrivé en escortant l'âme de l'Auteur, le jeune homme était en train d'observer de près les secrets de la vie, en compagnie de la fille de son propriétaire, dans l'intention d'une stricte expérimentation scientifique. Étant un honnête gentleman, le diablotin s'empressa de détourner le regard pour ne pas les importuner. En ce moment critique, notre Auteur prit fermement sa décision, pensant que, de toute façon, rien n'était pire que d'être envoyé dans le cerveau de ce jeune homme pour être écrit par lui. Alors, profitant du moment où le diablotin se détournait, il se précipita à toute vitesse dans l'oreille de la fille du propriétaire. Car, à cet instant, la fille et le jeune homme s'enlaçaient si fort qu'il était impossible de les séparer ; seules les oreilles n'étaient pas obstruées et demeuraient libres et béantes. Donc sans le savoir, il justifia par expérience personnelle l'explication de la conception en la Vierge Marie, avancée par les théologiens occidentaux au Moyen Âge : l'orifice auriculaire de la femme est bien le chemin de la conception, *Quae per aurem concepisti*[1]. Dès lors, si le jeune homme laissa se perdre le héros de son livre, la fille, par contre, gagna un bébé dans son sein. Le jeune homme fut obligé de l'épouser, et plus question d'écrire un chef-d'œuvre ! Mais, grâce à son talent littéraire, il tenait le livre de comptes dans l'épicerie de son beau-père. Sa seule consolation était que, dans un livre de comptabilité chinois à l'ancienne, on allait à la ligne à chaque phrase sans la remplir jusqu'au bout, à peu près comme dans les poèmes moder-

1. En latin dans le texte.

nes. De plus, les phrases qu'on inscrivait dans ce livre ne ressemblaient ni au style de la langue classique, ni à celui de la langue vernaculaire, et pouvaient bien passer pour du style aphoristique à la fois en langue classique et en langue moderne. Sévèrement tancé à son retour par le Directeur de l'Office, le diablotin chargé de l'escorte comprit enfin que ce n'est pas à un subalterne de jouer au gentleman, et que, si l'on veut être attentif aux moindres détails dans une tâche ordonnée par un supérieur, on ne doit en aucun cas se soucier de la pudeur.

Selon certains, l'enfant se mit à rire dès sa descente sur terre, et surtout, en apercevant son père, son rire prit une expression triomphale. Les parents pensaient que le sort de cet enfant serait certainement très faste et très propice. Jusqu'à maintenant, on ne peut prédire si ce bébé, quand il aura grandi, deviendra écrivain !

DÉCOUVREZ LES FOLIO 2 €

Parutions de janvier 2006

ANONYME *Conte de Ma'rûf le savetier*

Un conte poétique et féerique de la belle Shahrâzâd, une histoire très vivante, pleine de drôlerie et d'invention dans un Orient magique.

R. DEPESTRE *L'œillet ensorcelé et autres nouvelles*

De conquêtes amoureuses en aventures érotiques, Depestre nous entraîne avec jubilation dans son univers coloré et libertin.

H. JAMES *Le menteur*

Un court chef-d'œuvre sur l'obsession de l'imposture et une vibrante histoire d'amour.

JI YUN *Des nouvelles de l'au-delà*

Ce petit recueil diabolique semble émaner directement de l'au-delà et se lit avec délectation.

J. LONDON *La piste des soleils et autres nouvelles*

Dans les plaines glacées d'Alaska, sur les traces des chercheurs d'or, l'auteur de *L'appel de la forêt* nous fait pénétrer dans un univers d'hommes rudes et solitaires.

J.-B. POUY *La mauvaise graine et autres nouvelles*

Des histoires étonnantes pour pénétrer dans l'univers très particulier d'un écrivain inclassable.

M. PROUST *L'affaire Lemoine*

Quand l'auteur d'*À la recherche du temps perdu* s'amuse à pasticher d'autres écrivains pour le plus grand bonheur du lecteur…

QIAN ZHONGSHU *Pensée fidèle* suivi de *Inspiration*

Deux nouvelles, d'un humour fin et sarcastique, qui nous plongent au cœur de la littérature chinoise contemporaine et témoignent de l'originalité de l'écriture de Qian Zhongshu.

SAINT AUGUSTIN *La Création du monde et le Temps* suivi de *Le Ciel et la Terre*

Des questions essentielles que nous nous posons tous un jour et auxquelles saint Augustin tente de répondre avec une foi profonde alliée à un grand bon sens.

B. SCHULZ *Le printemps*

Écrivain secret, Bruno Schulz nous entraîne dans son univers onirique et étrange transcendé par une langue poétique à la fois riche et exceptionnelle.

Composition Nord Compo
Impression Novoprint
à Barcelone, le 5 décembre 2005
Dépôt légal : décembre 2005

ISBN 2-07-031996-2./Imprimé en Espagne.

139435